異世界《いせかい》でも美容師《びようし》をがんば
しました!

~でも領主《りょうしゅ》さま
あまり切《き》れません!~

Chomo Nukui
温井ちょも
illustration by
Teo Akihisa
秋久テオ

この物語はフィクションであり、
実際の人物・団体・事件等とは、一切関係ありません。

contents

ジェイド
アルウィムの有能な執事。アルウィムが「横暴な銀髪の怪物」と言われていることに心を痛めている。
イル
アルウィム邸に住む子ども。登校拒否中。すこし人みしり。実はアルウィムの眷属で…!?

アルウィム・ヴァレーンス
ヴァレーンス領主。全身を覆うほどの長すぎる銀髪で「銀髪の怪物」と恐れられているが、実際は辣腕の領主さま。ムギに一目置いている。
西原麦（ムギ）
異世界に召喚されてもめげずに工夫をして美容師を続けている。召喚されたのには訳があって…!? アルウィムの見事な銀髪に一目ぼれ。

異世界《いせかい》でも美容師《びようし》をがんばることにしました!

西原麦《にしはらむぎ》は物心ついた頃から美容師になりたかった。

きっかけは自然災害により当時住んでいた集落が孤立してしまい、ボランティアの美容師さんが来てくれたことだ。自宅へ訪問してくれた美容師さんは、曾祖母《そうそぼ》の髪を切ってくれた。数カ月ぶりに髪を切り笑顔になった曾祖母を忘れることができずにいる。

麦は高校を卒業し美容専門学校に通い、国家試験を受けて合格した。

ようやく夢と現実が結びつき、就職した東京の美容室でのアシスタント業務は想像以上にハードだった。朝は早く出勤し店内の掃除に精を出し、予約が詰まっているとシャンプーやカラーリングのヘルプに一日中追われて、昼食をゆっくり食べる暇もない。常に薬剤と水に触っているため手はボロボロに荒れた。自分の技術を磨《みが》いていくには練習は欠かせないが、営業中に取り組むことは難しく、閉店後にやることになり帰宅時間は自然と遅くなる。

体力的には辛《つら》い日々が続いたが、幅広い年齢のお客様たちが、新しい髪型を気に入って笑顔で帰って行く姿を見ると、苦労も吹き飛んでしまう。

諦《あきら》めずに続け、店内試験を経てようやく正スタイリストに昇格したところだった。

初めて指名をもらった時は、全身で喜んだ。

美容師は天職だ。

だから、どんな状況にあっても転職しようとは思わない。

東京でも海外でも、たとえそこが地球上ではない異世界だったとしても——

三匹のドラゴンが縄張り争いの末、山々を噴火させ噴石と火山灰が七日間降り注いだ後、干《ひ》からびた荒野に宙《そら》からやってきた魔術師が河川を引き、大地は森を取り戻したという。

二匹のドラゴンは改心しこの地の守護神となり、悪性をそぎ落とすことのできなかった一匹のドラゴンは魔女の姿にされ北の大地に封印された。

美しい緑が広がる丘陵《きゅうりょう》の国、ヴァレーンス領の創造神話だ。

◇◇

現在のヴァレーンス領は西側に広大な海があり、南には鉱山と宝石の国パルフ領、北東には峻岳《しゅんがく》と雪原の国アイビスという二つの国に囲まれている。

一見、平和に見えるヴァレーンスは、隣国との外交問題を抱えていた。国交のない北のアイビスからやって来る難民が増え、窃盗や傷害といった犯罪が多く発生し、ヴァレーンスの人々のよそ者への嫌悪感が日に日に増していた。

さらに難民の中には異世界人が紛れ込んでいるという噂《うわさ》が広まっていた。異世界人は秩序と平和を乱すものとして、忌《い》み嫌われている。南のパルフ領からやって来た人たちは異世界人が捕まり投獄されたと噂していた。

ヴァレーンスの中心部は港であり、漁業を発端として繁栄した都市だ。港に流れ込む河川の周りには、レンガ造りのモダンな街並みが広がっていた。

大きな街道の道沿いには様々な露店が並んでいた。新鮮な野菜や果実、今朝上がったばかりの魚、歩きながら食べられる軽食、伝統的な衣類、アクセサリーや民芸品。そこかしこで呼び込みをする元気な声が溢《あふ》れ、人通りが絶えない。店先を眺《なが》めながら散歩するだけでも楽しかった。

多くの人たちが生活を営む商業都市。

その雑踏の中に西原麦はいた。

東京で美容師をしていた麦は、ある日突然気が付いたらこのヴァレーンスにいた。

ワイシャツとジーンズという格好の青年は、この通りには麦以外に見当たらない。変わった服装というだけで麦は目立っていた。

よそ者だと一目で分かる。

麦は愛用のヘアカットシザーのリングに指を通し、刃を開閉させる。

シザーの静刃《せいば》は固定し、動刃《どうば》だけを動かす。カットの基本技術だ。美容専門学校の学生時代から何度も練習した動作を繰り返していると、心が落ち着いてくる。

(大丈夫。俺ならできる)

見知らぬ世界に来たとしても、麦にやれることはひとつしかない。

麦は露店と露店の間の小さなスペースにシートを広げ、公道側にカバンの口を開けて置いた。

椅子《いす》を設置して顔を上げると手際のよい麦の動きに、何が始まるのだろうと興味を持った通行人が足を止めた。

麦は白い歯を見せて、ニカッと笑った。

「こんにちは。俺、美容師って言って、髪の専門家なんです。髪を切ったり、整えたりします。しばらく髪切ってないなーって人がいたら、ぜひ切らせてください」

「ビヨウシ？」

通行人たちはお互いに顔を見合わせる。

初めて聞く職業に人々は首を傾《かし》げ、麦は背筋《せすじ》を伸ばす。

この世界では、他人に髪を切ってもらう習慣がない。ゆえに髪を切るためのお店や美容師という職業は存在しないのだ。

まばらに集まった人の中で、赤茶色の長髪の女性が麦の目に留まった。

しばらく切っていないのだろう。前髪はもっさりとし、顔回りも膨《ふく》らんでおり耳が隠れている。何より暑そうに見える。

髪を切りたいと、思っているに違いない。

彼女は荷物を持っていない手でスカートの裾《すそ》を握り込み、躊躇《ためら》いながら周囲と麦の様子をうかがっていた。

「その彼女、君の髪、切らせてくれないかな」

麦は手を伸ばし、彼女を誘った。

周囲の人々から注目を浴びて、彼女は慌《あわ》てた。

「で、でも。私、お金持ってないし」

「お代はお金じゃなくてもいいんだ。食べ物とか、お菓子とか貰《もら》うことが多いかな」

それを聞いて、彼女は頷《うなず》いてくれた。

設置した椅子に座ってもらうと、宿屋の主人に譲ってもらった古いカーテンで自作したカットクロスを彼女の肩に掛けさせてもらう。

「どんな髪型にしたい？」

「その、私、小さい頃からずっとこの髪型で……子供っぽいのが嫌で、短くしてみたくて」

今の自分を変えたい、けれど自信がないのか彼女は消え入りそうな声で言った。

「いいね、思い切って大人っぽくしようよ」

明るく声を上げると、通りかかった人達が次々に足を止める。

麦はこれまでに多くの技術試験やコンテストに参加してきた。人に見られることには慣れているつもりだったが、東京ではこうして人の行き交う路上で、ストリートカットをした経験はなかった。慣れない緊張感にそっと手を握り込んだ。

女性の後ろに立ち、仕上がりを想像して、麦はコームを構えた。

まずはブロッキングと言われる髪を分ける作業だ。髪にコームを入れて、前髪、サイド、後頭部の上と下、ブロックに分けていく。これによって左右を揃《そろ》え、切り残しがないか分かりやすくし、仕上がりのシルエットを整えることができる。

両足を踏ん張り、やや屈《かが》み左手の人差し指と中指で髪を挟むようにして持ち上げ、縦にシザーを入れる。

後方の襟足《えりあし》部分からカットし、内側から外側へと長さを合わせながらリズムよく切っていく。

シャキッと刃と刃が合わさる音と共に、しなやかな髪がはらはらと落ちていく。

その様子を観客たちは物珍《ものめずら》し気《げ》に見ていた。

この世界には他人に髪を切ってもらう習慣が根付いていない。

だから人々は自分の髪型に無頓着《むとんちゃく》だ。

街を見渡すとほとんどの人が毛先の長さはバラバラで、しばらく髪を切っておらず、毛先が傷《いた》んでいたり、伸びきって毛量がとんでもないことになっている人もいたりした。

だから麦は他人に髪を切ってもらうことの気持ち良さを、美容師という職業を知ってもらいたくて、ストリートカットを始めてみたのだ。

二十一歳になる麦は整えられた眉《まゆ》とつぶらな瞳《ひとみ》のバランスがいい好青年だ。首筋はほっそりしており中性的にも見え、一張羅《いっちょうら》の細身のジーンズも華奢《きゃしゃ》な印象に拍車をかけている。

美容師として何よりもこだわっているのは髪型だ。アッシュグレーに染めてマッシュっぽく切った髪は正面から見ると長め、後ろから見るとショートに見える。若い女性に人気のある韓流《ハンリュウ》スターを意識している。

加えて人様に触れる仕事であるので、清潔感を大事にしている。ヴァレーンスに来てからも、なるべく東京にいた時と同じように毎日シャワーを浴びて身体の汚れを落とし、歯を磨き、洗濯されたシャツを着る。当たり前の身支度を面倒くさがらずにきちんとやることが大切だ。特に女性の目は厳しい。

カットを終えた麦は仕上げに入る。

東京ではドライヤーで切った髪を飛ばし熱風を押し当て形を作り、オイルやワックスをつけて仕上げるが、そういった便利な道具はここにはない。

不便さは麦の負けず嫌いな心に火をつけた。直前まで隣で菓子を売っていた露店の焼き窯《がま》を借り、熱した金属の板をストレートアイロンの代わりにして、髪を挟んで伸ばすと、コームで丁寧に梳《と》かし整える。

セミロングの左右対称、軽すぎず重すぎない毛量、平行にカットされた前髪。

カット前と比べると見違えるほど大人っぽくなった彼女に、観客たちからは感嘆の声が上がった。

手鏡を彼女に渡し、仕上がりを見てもらう。

「すごい！　思った通りの髪型」

観客からパラパラと拍手が上がり、麦は頭を下げた。

「おにいちゃん、あたしの髪もきって」

小さな女の子が母親の手を振り払って麦の前に躍《おど》り出た。

（つ、子供……）

咄嗟《とっさ》に麦は後ずさっていた。

いけない、お客様を避《さ》けるなんて。接客業としてあるまじき行為だ。

女の子が不思議そうな顔をして、麦は狼狽《うろた》えた。

「こら、やめなさい。よその人と話しちゃダメ」

母親が麦と目を合わせないようにしながら、女の子を抱きかかえ行ってしまった。

女の子の母親はよそ者の麦とは極力関わりたくないのだろう。

この国の人々と比べると細く小柄で黒い瞳の日本人の特徴を持つ麦は、一目見てよそ者と分かる。

難民問題に直面している領民たちがよそ者の麦を警戒するのは仕方のないことだった。

（俺がよそ者なのは隠しようがない。けど異世界人であることは、誰にも悟られないようにしなきゃ）

美容師業のできる自由な生活だけは失いたくない。捕まるわけにはいかなかった。

「へえ。面白そうだな。兄ちゃん俺の髪も切ってみてくれ」

もじゃもじゃ頭のおじさんが声を上げた。

その声をきっかけに集まった人々から警戒心が解けたのが分かる。

「は、はい！　お願いしますっ」

赤髪の女性の肩からカットクロスを外すと、切ったばかりの髪を揺《ゆ》らしながら彼女は立ち上がった。

「ビヨウシさん、これお代に」

彼女はパンの入った紙袋を見せ、お代入れのカバンの中へ入れてくれた。

「ありがとう」

カット代はいくらと決めていない。麦にはこの国の貨幣価値や人々の生活水準が分からなかったし、カットサービスの対価がいくらになるのかは、お客様に決めてもらえばいいと思った。

だからこうして食料や日用品をお代としてもらうことが多かった。

儲《もう》かっているとは言い難《がた》いが、お客様が他人に髪を切ってもらう初体験に弾《はじ》けた笑顔を見せてくれることがお金を貰うより嬉《うれ》しかった。

路上に立ち始めてから二週間。少しずつ人づてに麦の噂が広まり、髪を切って欲しいと頼まれることも増えてきた。

とはいえ、まだまだ目標とする客足にはほど遠い。

挑戦しなくてはならないことは山ほどある。

ひとつずつ、丁寧に出来ることをやっていこう。

そしていつか美容師という職業がこの国の人に認知され、麦の仕事が増えてくれたらいいと思っている。


ひと月前、東京にいたはずの麦は、気が付いたらヴァレーンスの公道にいた。

「……え？　ここ、どこ？　俺、さっきまで店で片付けしてた、よな？」

東京のビル群は消え、見たことのない西洋風の街並みに簡素なローブを身に着けた人々が行き来する様を前にして麦は呆然《ぼうぜん》とするしかなかった。

持っていたものは、愛用のカットシザーのみ。

アニメでよく見る異世界転移ってやつ？　考えている暇もなく、空腹を抱え路頭に迷っていたところ、宿屋を営む夫婦に拾われ九死に一生を得た。

知らぬ間にヴァレーンスにいたのだ。同じように知らぬ間に東京に帰れるだろうと、これは夢なのだろうと、当初は楽観視していた。

しかし夢が覚める気配はなかった。どうやってここに来たのか、どうすれば東京に帰れるのか見当もつかない。

一週間ほど経《た》って麦は早々に東京へ帰ることは棚に上げて、ここで生活をしていくことを優先することにした。

幸《さいわ》いというべきか、麦は異世界転移に取り乱したり落ち込むことはなく自身の置かれた状況をあっけらかんと受け入れた。

あんなに憧《あこが》れていた東京の生活をあっさり諦められたことに、麦自身が驚いたくらいだった。

問題はどう生活をしていくかということだ。

宿屋の居候《いそうろう》になり下がった麦は助けてくれた夫婦に手伝いをしたいと申し出た。

白髪をソフトモヒカンぽく刈り上げたダンディなご主人と、長い髪をサイドポニーテールにまとめた可愛《かわい》らしい雰囲気の女将《おかみ》さんは、麦の申し出を喜んでくれた。

「ムギくん。二階客室のベッドメイキングお願い」

「はい！」

「ムギくん。お客様を客室へご案内して」

「はい！」

「ムギくん。鍋《なべ》の火を止めて、スープをよそってちょうだい」

「はい！」

失敗しながらも与えられた仕事に懸命に取り組んだが、宿屋に併設された食堂の厨房《ちゅうぼう》で、大きな鍋に杓子《しゃくし》を入れスープをよそっていると、急にぐにゃりと視界が歪《ゆが》んだ。

自分の身体がコントロールできない恐怖に苛《さいな》まれる。

目が回り、どろどろと世界が溶けていく。女将さんが呼ぶ声は遠くなっていくのに、鍋が煮え立つ音だけがやけにはっきりと聞こえた。

麦は卒倒してしまった。初めての体験だった。

慣れない生活に疲れがたまっていたのだろうか。幸い怪我《けが》はなかったが、いつまた倒れるかも分からないと、心配した夫婦に手伝いの量を大幅に減らされてしまった。

しかしいつまでもお世話になっているご夫婦のお荷物ではいられない。

空いた時間を有効活用したい。

自分にできることは、美容師業しかない。東京にいた時は世界中どこにいたって美容師をやるって思っていたじゃないか。

一念発起《いちねんほっき》した麦はシザーを持って、ストリートカットを始めたのだ。

宿屋の仕事を手伝いながら、空いた時間は積極的に路上に立った。

麦のヘアカットを気に入ってくれ、応援してくれる人もいる。けれどよそ者の麦を警戒する人達には煙たがられていた。

麦は路上で数人の髪を切り、日が暮れ始めると店じまいをすることにした。掃除をしシートをたたみ、椅子と道具を両手に持つ。

大通りを東へ。

噴水広場を横切って、十字路を曲がると麦がお世話になっている宿屋があった。麦が帰ってきたところ、女将さんが店の出入口の扉《とびら》についている張り紙を剝《は》がしていた。

「女将さん、戻りました……何をしているんですか」

「ああ、ムギくんおかえりなさい。何でもないのよ」

麦の顔を見た女将さんはぎくりと肩を竦《すく》めると、扉にたくさん付いていた張り紙を急いで剝がして袋に詰め、宿の中へ入っていった。

女将さんが回収し損ねた一枚の張り紙が麦の足元に落ちた。

拾って書いてある文章に目を通すが、麦にはこの世界の文字は読めなかった。

「……失礼」

「うわっ！」

突然、後ろから声を掛けられて麦は飛び上がった。

振り返ると見知らぬ男が立っている。

黒い紳士服を着、白手袋をはめた、浅黒い肌の男だった。街中ですれ違う市井《しせい》の人々とは明らかに雰囲気が異なる。服は上等で値打ちがありそうだし、纏《まと》った空気も気品と自信に満ち溢れている。異世界の庶民出身の麦でも、それなりの身分の人なのだろうと分かる。

男の髪はショートスタイルで、前髪を上げておでこを出し、アップバングにしていた。黒々とした髪はつやつやで、キューティクルの状態が良好そうだ。

眼鏡をくいと持ち上げ、値踏みをするような目つきで麦を凝視《ぎょうし》した。

身に着けた衣類にはシワがなく、汚れもついていない。見るからに完璧主義で潔癖《けっぺき》な男のようだ。

そのレンズに自分の姿が映り込み、初対面の男から高圧的な印象を受け、麦は気後《きおく》れした。

「……それは？」

「え、ああ。ここに張られていたんですけど、俺、文字は読めなくて」

読めない文字を見ていると、自分はヴァレーンスの人間ではないのだと、異世界に来てしまったのだと改めて自覚させられる。

文字が読めないと、こんなにも心許《こころもと》ない思いをするのだと麦は初めて知った。

麦が張り紙を差し出すと、男は受け取った。

「よそ者を匿《かくま》うな。今すぐ追い出せ」

「え」

「と、書いてあります」

読み終えた男は麦に張り紙を返そうとしたが、麦は受け取ることができなかった。

よそ者とは、この宿でお世話になっている麦のことに違いない。

張り紙を剝がしていた女将さんがこの文章を読んでいないはずがない。どこかよそよそしかったのは、この抗議文のせいか。

「……そんな」

怒りと悲しみがこみ上げてくる。

遠巻きにされるのが自分だけであればどれだけでも耐えられる。

しかし麦が原因で親切にしてくれた夫婦にまで冷たい視線が向けられることになるのは嫌だ。

「もうここにはいられない」

荷物をまとめて出て行こう。

「ふむ。どこか行く当てはあるのですか」

男は張り紙の内容と麦の沈痛《ちんつう》な面持《おもも》ちに事情を察したらしい。

異世界に来たばかりで知り合いもほとんどいない麦に行く当てなどあるわけがなかった。

「ない、ですけど……あの、あなたは？」

「失礼。私はヴァレーンス領主にお仕えする、ジェイドと申します」

ジェイドは背筋を伸ばしたまま、丁寧にお辞儀をした。

「あなたが噂の人の髪を切りその技術料として代金を徴収《ちょうしゅう》している方、ですね」

何だか棘《とげ》のある言い方だが、麦のことに間違いないだろう。

「そう、ですけど」

ヴァレーンス領主。つまり国王のようなものだ。そんな高貴な身分の方に仕えている人が麦に用があるのだろうか。

「もしかして俺を捕まえに来た、とか」

美容師なんて聞いたこともない職業を名乗る麦は、領主にまで怪しまれ、排除すべきよそ者だと思われているのだろうか。

それとも異世界人であると、知られてしまったのだろうか。

(投獄される……!?)

麦が及び腰になっていると、ジェイドは首を振った。

「いいえ。あなたの噂を聞きました。路上で髪を切るパフォーマンスをやっているとか。髪を切ってもらったという人々は、口々にさっぱりした、思い通りの髪型になったと言っていました」

「ほ、ほんとですか。嬉しいです」

好意的な評判が出回っていることは、麦の頑張りがお客様に伝わったということだ。

よそ者の麦に出て行って欲しいと思っている人だけじゃない。麦の仕事を評価してくれる人がいる。

麦は緩《ゆる》む口元を押さえ喜びを噛《か》み締めた。

「私も立場上、見目《みめ》を整えることは重要ですので自分で髪をこまめに切っていますが、失敗することも多いものです」

ジェイドが個人的な髪型事情を教えてくれ、思わず麦は饒舌《じょうぜつ》になった。

「セルフカットって難しいですよね。でも貴方《あなた》の髪、丁寧に切ってあって似合ってます。素敵《すてき》ですよ」

ジェイドのように、この国では髪の手入れを自ら進んで行っている人もいるのだろう。美容師としてそんな人たちの力になれたらいいと思う。

ジェイドは咳《せき》ばらいをすると鋭《するど》い視線を麦に送った。

「あなたは髪を切るプロフェッショナルなのですね」

「まあ……」

「はっきりしなさい」

「はい！　美容師免許持ってます」

迫力のあるジェイドに低いトーンで詰められると、厳しいと評判な美容専門学校の老齢の教師に怒られた時のことを思い出し萎縮《いしゅく》してしまう。

「異国のライセンスをお持ち、ということですね。プロならば誰の髪でも切ることができますね？」

「は？」

東京では問われたことがない質問に虚《きょ》を衝《つ》かれた。

ジェイドは麦から何かを引き出そうとしていると分かったが、その意図が分からず尻込みしてしまう。

「プロならば誰の髪でも切ることができますね」

もう一度聞かれ、ジェイドに美容師としてのプライドを試されているのだと感じた。

ジェイドが眼鏡を上げ、鋭い眼差《まなざ》しを送ってくる。まるでプロを名乗っているのに、できないのかとみくびられているようだった。

ジェイドの高圧的な態度は麦の負けず嫌いな心に火をつけた。

こんなに煽《あお》られたら、できないと言えるわけがない。日本の美容師免許にかけて。

「……できます」

「よろしい」

ジェイドは口元に笑みを浮かべ、大きく手を叩《たた》いた。

「ムギ、でしたね。あなたに頼みたい仕事があります。引き受けて下さるのなら、住む場所と食事の提供を、成功したら望むだけの報酬を与えましょう」

「えっ？　本当ですか」

もう宿屋にはいられないと思っていた麦には渡りに船である。

しかし全ての問題は自分で片づけてしまうと思われる万能そうな彼が、わざわざ人を頼りたいという仕事が、容易なことであるとは思えない。

「た、頼みたい仕事って……？」

ジェイドは燕尾服《えんびふく》の前裾をぴんと引っ張り、ずいっと麦に詰め寄った。

「あるお方の髪を切って欲しいのです」

長身の男の影を受けて、麦はたじろいで後ろへ下がった。

「あるお方って」

「私の主《あるじ》。銀髪の怪物、アルウィム・ヴァレーンスです」

思いも寄らない人物の名前に、麦は唾《つば》を飲み込んだ。

一国を治める領主に付けるには、おかしな肩書きに戸惑いを隠せない。

「銀髪の、怪物……？」

麦の薄い唇《くちびる》が無意識に、聞いた言葉を繰り返した。

◇◇

翌日の早朝。麦は荷物をまとめジェイドに連れられて、ヴァレーンス領主の邸宅に来ていた。

宿屋のある丘陵をさらに登った先、街の全景を見渡せる高台に領主の館《やかた》はあった。

ドラゴンを模《も》したエンブレムがかかったとてつもなく大きな正門を見上げ、麦は口を開けた。

麦のような庶民は近寄ることすら許されていないと感じる。証拠に門を開けようと押しても重くてびくともしない。

「正門には領主によって強固な結界が張られていますから、開きません。入口はこちらです」

「早く言ってよ」

四苦八苦している麦を尻目に、ジェイドが門から少し離れたところにある使用人用の小さなドアを開けた。

ジェイドの後ろについて簡素に舗装された道を数分歩くと、ようやく館の全貌《ぜんぼう》を見ることができた。

立派な装飾柱が目につく西洋風の神殿のような館だった。

またも正面入口からではなく、使用人用の談話室に直結している裏口から館の中へ入る。

使用人室すら広く、時計や燭台《しょくだい》、暖炉《だんろ》といった部屋の装飾品はアンティーク調できらびやかだ。

東京の狭いワンルームアパートに住んでいた麦には、何もかもが眩《まぶ》しすぎて落ち着かない。

自分には不釣り合いな場に来てしまった気がする。

宿屋を出てヴァレーンス領主の元に行くと話をしたら、夫婦は麦の新たな門出《かどで》を喜んでくれた。

「アルウィム様の元で仕事ができるなんて光栄なことだよ」

夫婦は麦について抗議を受けていることをけして口にしなかった。麦を傷つけないためだろう。麦も嫌がらせを知ったから出て行くことを決めたのだと夫婦には伝えなかった。これ以上、人の良い夫婦に心配をかけたくはなかったからだ。

共に過ごす最後の食卓での話題は領主についてだった。

「領主アルウィム様はヴァレーンスに平穏《へいおん》と発展をもたらした立派な方だよ」

「あら、私は気に入らないメイドは追い出す横暴な銀髪の怪物だって聞いたわ」

名君なのか、暴君なのか。領主は様々な評判の持ち主だった。

（一体、どんな人なんだろう）

「いつかお姿を拝見したいものだな」

領民の前に姿を見せず、誰も領主の顔を知らないらしい。

そんな領主に、麦はこれから会うことができる。

夫婦に見送られながら、麦は宿を後にした。これでもう麦が戻れる居場所はない。

ジェイドに頼まれた仕事は、領主の髪を切ること。

領主の人物像は謎《なぞ》だらけだが、依頼を受けたからには、プロの美容師として仕事は最後まで全《まっと》うし、しがみついていくしかない。

麦は頬《ほお》を両手で叩き、目の前の仕事に集中しようと意気込んだ。

それに、銀髪の怪物と呼ばれる領主の髪にも興味があった。

(銀色の髪かあ……実物はどんな色なんだろ)

麦はカラーリングも大好きだ。染めた髪色も好きだが、異世界の天然の髪色もとても気になる。メッシュを入れたらさぞかし映えるだろう。

見たこともない髪色を妄想《もうそう》して楽しんでいるとジェイドがこちらを振り返った。

「ムギ。これからあなたには領主の寝室へ行き、彼の髪を切ってもらいます。まずは着替えをしてください。イル、そこにいるならムギを私室に案内なさい」

ジェイドが声をかけると、大きなダイニングテーブルの下からひょっこりと子供が顔を出した。

(こっ子供……)

小さな子の登場に、麦はドキッとして一瞬、身体が強張《こわば》った。どうすればいいのか分からなくなる。

ストリートカットをしている時も、小さな女の子相手に狼狽えてしまった。

麦に子供が苦手だという意識はない。だが東京にいた時はそんなことなかったのに、ヴァレーンスに来てから子供と対面する度《たび》に麦は緊張を走らせていた。

小さな子は淡い黄色のワンピースを着て、そのフードを頭にかぶっている。五、六歳といったところだろうか。

麦と目が合うとフードを引っ張り顔を隠してしまった。人見知りをしているのだろう。

そのいじらしい仕草に、麦の強張りが緩んだ。こんな可愛らしい子を怖がるなんて、失礼だ。

フードからは長く伸ばした茶色い直毛の髪がはみ出ているが、男の子のようだ。

「おはよう。お兄ちゃん麦っていうんだ。よろしくね」

「ぴゃっ」

麦が目線を合わせようと少しかがんで挨拶《あいさつ》をすると、驚かせてしまったのか彼は小さく悲鳴を上げてテーブルの下へと戻ってしまったが、すぐにまた顔を出した。

くりくりした丸い瞳がゆっくり瞬《まばた》きをする。もじもじしながらも、イルと呼ばれた子はテーブルの下から出てきて麦の顔を何度もちらちらと見た。

「ん。イル、あんないするの」

まだ小さいのに使用人として働いているなんて偉《えら》いなあと感心してしまう。

イルに連れられて、一度外に出て渡り廊下を通った先に使用人用の宿舎があった。木造の宿舎は本館に比べ大分地味だ。

同じ扉が等間隔でずらっと続いている。そのひとつの部屋の前でイルは足を止めて、鍵を開けた。

どうやらここが麦に与えられた部屋らしい。

ベッドの置かれたワンルームの作りは麦が東京で住んでいた部屋と変わりがない。イルはクローゼットを開け、麦に着替えを促《うなが》した。

用意された使用人服は白いシャツに黒いジレとズボンというシンプルなものだった。これなら美容師業もやりやすそうだ。

シザーとコームといった道具だけをウエストポーチに入れて、部屋を出るとイルの案内で領主の元へと向かった。

領主の寝室は本館の螺旋《らせん》階段を登った最上階の、さらに奥にあった。

麦がまた間の抜けた顔でドラゴンが彫《ほ》り込まれた大理石の扉を見上げていると、その横で麦の仕草をイルが真似して口を開けて宙を仰《あお》ぎ見た。

すると、ジェイドがやって来て懐中時計を開いた。

「領主の起床の時間です。今日の朝は使用人が髪を梳《す》く手筈《てはず》になっています。扉を開けますよ」

手をかざすと扉とジェイドの間にホログラムのような板が浮かび上がり、ガチンと音がすると重い扉がゆっくりと開いた。指紋認証のようなものだろう。

麦はジェイドに続いて部屋の中へ入るのだと思っていた。しかしジェイドが足を止めたので、その背にぶつかりそうになってしまった。

「あなたは領主の髪を切ってくれればいい。いいですね、必ず切ってください」

「うわっ」

振り向いたジェイドに腕を引っ張られ、背中を強く押された。麦はバランスを崩し、つんのめって部屋の中へと入ってしまった。

すかさずジェイドは扉を閉める。

「ちょっ」

慌てて駆け寄ったが扉は閉まってしまい、麦は部屋の中に取り残された。触れた石の扉は無情な冷たさだった。

「ジェイドさん！　イル！」

てっきりジェイドが領主との初対面を仲介してくれるものと思っていた麦は焦《あせ》った。

いきなり知らない人の寝室に放り込まれたのだ。

「……朝か」

部屋の中に涼しげな音色の声が響いた。

誰かいる。ジェイドに領主の部屋だと紹介されたのだ。領主以外にありえない。

ヴァレーンスに平穏をもたらし、気に入らないメイドを横暴に追い出す、領主。

麦は恐る恐る振り返った。

正面と東側にはアーチ型の窓が連なっている。その窓にかけられたレースのカーテンの隙間《すきま》をぬって朝日が差し込み、クローゼットや化粧台に施《ほどこ》された色とりどりの装飾をきらめかせていた。とてつもなく広い部屋には一際《ひときわ》目立つ天蓋《てんがい》のついた大きなベッドがまるで部屋の主《ぬし》のように鎮座《ちんざ》していた。

女神《めがみ》様の住む部屋みたいだと麦は思った。

しかしすぐに素敵な部屋の中に異様な光景が広がっていることに気づく。

ベッドの上から、絹糸のようなものが伸びている。寝台を中心として、糸は魔法陣のように円を描いて床を覆《おお》い隠していた。

色素の薄い銀色に輝いているそれが、髪の毛だと麦は気付いた。

細くきめ細《こま》やかな長髪が、朝日を受けて水面《みなも》のようにキラキラと輝いている。まるで髪が発光しているようだった。

髪は死んだ細胞でできている。だから髪自体には痛覚はないし、傷むと再生することはない。

けれど銀色の髪は、傷んでいるどころか毛先まで瑞々《みずみず》しく、きらめく様は呼吸をし、生きているかのように見えた。

生命の力強さ、息遣《いきづか》いを感じる逞《たくま》しさがあるのに、触れたら壊れてしまいそうな繊細《せんさい》さも備えている。

(なんて、綺麗《きれい》なんだろう)

見たこともないほど長く、美しく、不思議な髪に麦は釘付《くぎづ》けになった。

触りたい。衝動的な欲に駆られて麦の心臓は信じられないほど高鳴っていた。

こんなに長い髪ならば、麦の身体をすっぽり覆うこともできる。柔らかそうな髪に包まれたら、どんな心地がするのだろう。

ジェイドには領主の髪を切れと言われている。この長い銀髪を切れ、と。

（そうだ、俺はこの髪を切らなきゃ……それが俺の、役目だから）

こんなに美しく、人の目を惹《ひ》く髪を。

無意識にカットシザーを持とうとした右手を、左手で押さえつけた。

（切ってみたい！　……でも、もったいない！）

美容室で働いていた麦にとって切った髪は、医療用のウィッグに使うために寄付すること、ヘアドネーションを除いては捨ててしまうのが常だった。毎日大量の切った髪の毛を捨てていた。

けれどこのキラキラの髪の毛は、切って集めて宝物にしたいと思うほど、美容師の麦には魅力的に感じられた。

切りたい。

四六時中、撫《な》でていたい。

喉《のど》が渇くほどの止められない欲望が渦巻《うずま》き、麦を支配していく。

「どうした、早くしてくれ」

気だるげな声が向けられ、麦はハッと正気を取り戻した。

呼ばれるがままに一歩を踏み出す。綺麗な髪を踏みつけないように、床の見える場所を選んで足を進める。

髪を辿《たど》った先のベッドの上に頭があった。何故《なぜ》か頭はベッドの正位置である奥側ではなく、部屋の入口側にあり、その人物は麦に背を向けていた。

「髪が絡まって暑い」

彼はベッドの上に座ったまま言った。

麦が髪に触りやすいように、こちらに背を向けていたのだと気付く。

「さ、触ってもいいんですか」

「……ん？」

麦の声を聞き、彼は初めてこちらを見る素振《そぶ》りを見せた。

彼の頭の後ろまで移動し、その銀色の髪にそうっと……触れようと手を、指先を伸ばした。

が、すんでのところでその手を逆に摑《つか》まれ、ひねられた。

「え？　うわっ」

麦の身体は宙に一回転し、派手にベッドの上に落ちる。

ドサッと大きな音がしたが、高級ベッドの弾力性はさすがだ、身体は全く痛くなかった。

しかし摑まれた腕を強く握られ、痛みが走る。

「いたっ」

「……誰だ」

麦は銀髪の領主にベッドの上に押し倒されていた。

さらさらと流れ落ちた銀髪が麦の頬に当たった。

領主の着ている柔らかな寝間着《ねまき》が押し付けられる感触がした。

身体の自由を封じられ、至近距離で鋭い眼光に射られて麦は慌てた。

面長《おもなが》の輪郭《りんかく》は伸びきった髪に覆われている。男は寝間着姿で素早く麦の足の間に足を入れ、侵入者の身動きを封じた。

誰かに組み敷かれるのは初めての経験で、麦は混乱した。

「あの、えっと？　その」

何か誤解されている。

ジェイドは麦が髪を切りに来ることを彼に伝えていないのだろうか。

領主はじっくりと麦の頭から足の先までを見ると、眉をひそめた。

「……私に何の用だ」

「その、あのっお、おれは」

やましいことは何もないはずなのに、舌がもつれて言葉が出てこず、身体は強張ってしまう。

簡単に押し倒され、逃げ出すこともできない己《おのれ》が情けなくて。どうしてこんなことになっているのか分からなくて、麦は泣きたい気持ちになった。

麦とは反対に、領主は余裕な様子で意地の悪い笑みを浮かべた。

「私の命を狙《ねら》う暗殺者か？　よくジェイドに見つからずここまで来れたな」

「ちっ、ちが」

情けない声で反論すると、強引に顎《あご》を持ち上げられ、顔を覗《のぞ》かれた。

簾《すだれ》のように長い前髪の向こう側に、水晶のような硬質な瞳がぎらついていた。長い髪が彼の年齢を不詳にさせていたが、力強い眼力に存外若いのかもしれないと麦は思った。

この人が、銀髪の怪物。

確かに一見するとおとぎ話に出てくる妖怪のようだ。だが、ほどよく引き締まった筋肉と厚い胸板は鍛《きた》えられているし、肌は艶《つや》やかで美丈夫の素質を感じる。

生命力に溢れた、魅力的な青年だ。

領主は高圧的で潔癖そうな印象のジェイドとはまた違った男らしさと色香をまとっていた。

早く誤解を解かなくてはと分かっているのに、間近で見上げる異世界の領主の顔から麦は目を離せなくなっていた。

目が合った彼もまた、簡単にベッドに押さえつけられてしまった麦の華奢な身体や、焦って泣きそうになっている姿を見て、暗殺者らしからぬ様子に戸惑っているようだった。

気圧《けお》され続けていた麦だったが、徐々に冷静さを取り戻し負けじと睨《にら》み返す。

「違いますっ」

麦はジェイドに頼まれてここへ来た。やましいことは何もない。堂々としていればいい。

「……ふっ」

組み敷かれている立場であるというのに、強気な素振りを見せた麦に領主は小さく笑った。

「これは……」

領主の手が腰のウエストポーチに入れていたそれに触れ、抜き取った。

刃先がきらりと光る。

「ハサミ?」

麦愛用の散髪用のカットシザー。

暗殺者だと勘違いしている領主は麦がナイフか短剣といったものを隠し持っているのだと思ったのだろう。同じ金属製の刃物でも暗殺するには向かないだろうハサミを見て、虚を衝かれたようだった。

領主の力がゆるんだ隙に、麦は押さえ込む腕を振り払い、彼の下から抜け出すと身を起こした。

「俺は暗殺者じゃない。美容師、です! あなたの髪を切りにきました!」

「髪を、だと?」

その単語を聞いた途端《とたん》、領主は不機嫌になった。

やっぱり、ジェイドは麦が髪を切りに来ることを領主に説明していないのだと確信する。ジェイドへの恨みを口にする暇もなく、領主は先ほど麦を拘束した時の殺気とは違い、おどろおどろしい嫌悪感を放った。部屋の床を占拠している長い髪が複数の束になって、ゆらりと宙に浮き上がり、まるでヘビがカエルを睨み付けるかのように麦を囲う動きを見せた。

「うわっ」

髪が生き物のように動いており、麦は驚いた。

いや、第一印象でまるで生きているみたいだと感じた髪が、本当に動いたことに度肝を抜かれた。

「長い髪には膨大な魔力が宿る。由緒正しい魔術師である私の、髪を切るなど不届き千万」

「まじゅつし……？」

異世界らしい、東京ではお目にかかったことのない職業に、麦は瞳を輝かせた。

「魔術師！　すごい！」

魔力を持つ人なら、髪が生きているかのように動くこともあるだろう。

「魔力が詰まっているから、こんなに綺麗な髪なの？」

麦は領主に敵意を向けられていることも忘れ、初めてお目にかかる生き物のように動く髪に興味津々《しんしん》、笑顔になっていた。

「き、きれい……？」

脅《おど》かすように麦を囲んでいた髪たちはサッと宙に散らばり、やがてひとつの束になって領主の背中の後ろへ隠れてしまった。その動きは麦に綺麗だと褒《ほ》められて、恥ずかしがっているようだ。

(か、かわいい)

髪が照れているような動きをするので、つい見入ってしまう。

「君は私の髪を切りにきたのではないのか」

「そうですけど、切りたいですけど。でもすっごい綺麗な髪だし切るのほんっとにもったいない。ここまで伸ばすのたいへんだったでしょ」

「……はじめて言われた」

興奮する麦にたじろぎながら、こぼした本音は威厳ある領主とは思えない青年の素の声だった。

髪を切りに来たというのに、あっけらかんと切るのはもったいないと言う麦に領主は気をそがれ、先ほどまでの高圧的な姿はどこかにいってしまった。

長い前髪の奥で、紺藍《こんあい》の瞳を揺らめかせながら、静かに麦を見ていた。

人の髪は平均的にひと月で一センチ伸びる。一年で十二センチだ。魔術師は伸びるのが早いのかもしれないが、それでもこの長さなら相当な時間をかけて伸ばしたのだろう。

髪が長ければ、なかなか乾かない、頭が重くて動きづらいなど生活にも支障が出る。

長い髪を維持するために、気の遠くなるような苦労があったはずだ。

その努力を想像して、麦は素直にすごいと思った。

麦に尊敬の眼差しを向けられ、領主は気まずそうに顔を逸《そ》らした。

すっかり殺気は消えていて、麦が暗殺者ではないことは分かってもらえたようだ。

「……いきなり押さえつけて、怖がらせて悪かった。謝罪する」

領主は丁寧に麦の手を取り、シザーを返してくれると、身体を起こした。

偉い人からの謝罪を受けたことのない麦はどう返答すればいいのか分からず焦る。

「俺もなんか誤解させて……ごめんなさい」

「君の名前は？」

「西原麦です。あなたは、領主サマ？」

「ああ、ヴァレーンス領主、魔術師のアルウィムだ」

アルウィムは長い前髪をかき上げて、片目と笑みを浮かべた口元を見せてくれた。

異様に長い髪についい目がいきがちだが、キリッと上がった眉に通った鼻筋と彫刻のような造形の顔立ちに、麦はドキッとした。

長い髪に美しい顔立ち。東京でも、ヴァレーンスの街中でもけして出会うことのなかった常人離れした容姿に、怪物と呼ばれてしまうのも納得がいく。

アルウィムがベッドを降りたので、麦も慌てて彼にならって降りる。

ベッドが柔らかすぎたので、床に足をつけてもふわふわした感触が残っていた。

「君に私の髪を切れと命じたのは、ジェイドだな」

「は、はい……」

アルウィムはため息をついて、指を鳴らした。

麦が入って来た重く大きな扉が、勢い良く開き、外で立ち聞きをしていたらしいジェイドが魔術の力で中へと呼び寄せられた。

「ジェイド」

「おはようございます。アルウィム様」

「私は絶対に髪を切らないと言っているだろう」

強引に引き寄せられたジェイドは平然としている。眼鏡を持ち上げてアルウィムを睨み返した。

「アルウィム様。あなたの言い分は一切受け付けません。髪は切ってください」

二人の間にバチバチと火花が散る幻影《げんえい》が見え、緊張感が一気に高まり麦は息をのんだ。

なるほど、使用人のジェイドは主《あるじ》の常識外に長い髪を切りたい。しかし主のアルウィムは魔術師であるプライドがゆえに、髪を切りたくないのだ。

互いの主張を譲ることなく、一触即発状態の二人に、麦はどうしたものだろうと困り果てる。

「私は魔術師だ。髪には魔力が蓄積される。長い髪は強力な魔術師だという証《あかし》だ。この魔力があるからこそ、領主の仕事をこなせている」

「あなたが国民に支持されているのは、理想的な都市構想を持ち、公平な政治を行っているからです。魔術師であることにこだわり続ける必要はありません」

上司であるアルウィムの言葉に、ジェイドは全くひるんでいない。

「それなのに、あなたは髪が長いから満足に身動きがとれないことを盾《たて》にして、外に出るのは面倒だといって自室に引き籠《こも》り、外部公務はサボりっぱなし。姿を見せない領主に、噂だけが広がり民衆には銀髪の怪物だと恐れられ威厳もへったくれもない始末」

正論で詰め寄って来るジェイドは言い返す隙を与えてくれない。

「使用人たちはあなたの髪を洗うこと、手入れをすることに時間を割《さ》かれ疲弊《ひへい》しています。さらにあなたの髪の毛を踏んだ勤続三十年のメイド長は転んで腰を打ち、退職しました。良心が痛まないのですか」

これまでに相当な鬱憤《うっぷん》が溜《た》まっていたのだろう。ジェイドの気迫《きはく》は凄《すさ》まじく、麦がアルウィムの代わりに平謝りをしたくなるほどだった。

「メイド長には、悪かったと思っている……」

さすがのアルウィムも項垂《うなだ》れた。

美容師の麦はここまで髪を大切にしてきたアルウィムの努力を讃《たた》えたいと思ったが、彼ひとりの力だけではないのだと知った。

ジェイドは髪に櫛《くし》を通す仕事があると言っていた。これだけ長い髪は自分ひとりだけでは洗うことも手入れをすることも難しい。その都度、ジェイドをはじめとした使用人たちが手伝い、労力と時間を割いてきたのだろう。

尋常《じんじょう》ではない容姿を維持するためには誰かの支えが必要不可欠なのだ。

「あれ、銀髪の怪物は気に入らないメイドを追い出したって聞いたけど……」

麦は宿屋の女将さんから聞いた噂話を思い出し、つい口にしてしまった。

それを耳にしたジェイドが目を吊《つ》り上げた。

「事実無根です。ほら、言わんこっちゃない。あらぬ噂が領民の間にも広まっています。このままではアルウィム様を快《こころよ》く思っていない連中に足をすくわれるかもしれない」

ジェイドは焦りと悲しみを滲《にじ》ませていた。

髪を切ってくれというジェイドの主張は当然のことだろう。

アルウィムはジェイドに言い返さない。自分の髪のために使用人たちが苦労を強《し》いられていることも、領民たちに良くない噂が流れていることも、分かっているはずだ。

「ムギ」

次にジェイドは麦に向き直った。

「あなたは領主の髪を切ると、約束してくれましたよね」

「はいぃっ」

「切っていませんね。髪切りのプロとはその程度なのですか」

ようやく、麦はジェイドに無理難題を押し付けられていたのだと理解した。

髪を切りたくないと拒否し続けるアルウィムを、話し合いでは埒《らち》が明かないと判断し、プロの美容師を名乗る麦ならば何とかして切ってくれるのではないかと考えたのだろう。

もう少し事情を説明して欲しかった気もするが、完璧そうに見えるジェイドが自分ではどうにもできない現状を他人に委《ゆだ》ねることにしたのだ。内心は不本意だったのかもしれない。何としても目的を達成させたいという焦りが先行して、麦への対応がおざなりになってしまったのだろう。

麦は静かに怒っているジェイドと、黙り込んでしまったアルウィムを交互に見た。

美容師としての姿勢を問われている。

銀色の髪を切りたい、触れたい、切らなきゃ。

湧き上がる個人的な欲を振り払って、麦は自分の結論を口にした。

「お、俺には切れません」

「……ほう？」

麦が断ると、ジェイドは低く唸《うな》った。とても怖い。

でもここで引き下がるわけにはいかない。

「ジェイドさんの気持ちも分かるけど、領主サマが切りたくないっていうなら……俺は切れません」

アルウィムの髪は、彼のものだ。

髪を切ることになるのは、アルウィムであり、一番大事なのは、アルウィムの気持ちだ。

美容師として、本人が嫌ならば切らないという選択もまた、プロのあるべき姿だ。

「ムギ……」

ジェイドに反抗し、かばってくれた麦をアルウィムは信じられないものを見るように凝視していた。

「そうですか。分かりました」

ジェイドは薄い笑みを浮かべると麦を摑み扉の外へと蹴《け》り出した。

「髪を切らない髪切り屋に用はありません。今すぐ出て行きなさい」

「ジェイド！」

「えええぇぇえええっ」

麦はすぐにジェイドと向き直り、納得いかないと手を伸ばして縋《すが》ろうとした。ジェイドがそれを受け、二人は押し合いになった。

「住む場所と食事を約束してくれるって言ったじゃないですか！」

「髪切りのくせに髪を切らない、仕事をしないならば約束を守る道理はありません」

「そんなっ、俺、もう戻れる場所なんてないんですっ」

麦の悲鳴のような反論が領主の部屋に響き渡る。

ジェイドの言うことは正しいのかもしれないが、麦はここを追い出されたら宿無しの無一文だ。それだけは何としても避けたい。

「ジェイド、やめろ」

「うわっ」

アルウィムが指を鳴らすと、静電気のようなものがジェイドと麦の間に走り、二人は離れた。麦はよろけて床に尻もちをついてしまった。

「行くところがないなら、しばらくムギの面倒をみてやれ」

アルウィムが助け舟を出したので、ジェイドは眉をひそめ、麦は弾かれたように顔を上げた。

「アルウィム様……どうして彼をかばうのですか。私が連れて来た上で失礼なことを申しますが、ビヨウシという聞いたこともない職業を名乗る素性《すじょう》の分からない人ですよ」

アルウィムがこちらを向いた。

街中で麦を遠巻きに見ている人々の冷めた視線を思い出し、不安が押し寄せる。

麦は異世界から来たのだ。そのことは、誰にも言えない。

身分を証明するものもない。この世界で美容師としての実績を作ったわけでもない。

信用されないことは分かっている。

分かっていても不審者扱いされると辛い。

この世界に、ヴァレーンスに自ら望んで来たわけではない。領主の館にだって、ジェイドに誘われなかったら、来ることはなかっただろう。

それでもヴァレーンスに馴染《なじ》もうと、美容師としてこの国の人の役に立ちたいと、麦なりに努力してきたつもりだ。

「俺がよそ者だから……」

ジェイドに、この国の人たちに受け入れてもらえないのだろうか。ここで美容師としての地位を確立するなんて夢のまた夢だったのだろうか。

この世界に、麦の居場所はないのだろうか。

帰りたくても帰れない。ここで生きていくしかないのに。

弱音と愚痴《ぐち》を喚《わめ》き散らしたい衝動を堪《こら》えて、麦は大理石の床に弱々しく爪を立てた。

二人とも、この国を牽引《けんいん》する人物だ。よそ者を軽率《けいそつ》に信用できないだろう。

用心のため、麦は追い出されて当然。

ここでみっともなく食い下がるのは、意味のないことだ。

言い返そうとした言葉を呑《の》み込み、俯《うつむ》いてしまった麦の心情を察してくれたのか、ジェイドは決まりが悪そうにアルウィムと視線を合わせた。

アルウィムの髪が床の上を滑り、うずくまってしまった麦の周りを心配そうにうろついていた。

「ジェイドは無理を言ってムギを連れて来たのだろう？」

「そうですが……」

アルウィムは麦の前にしゃがむと、銀髪の間から手を差し伸べた。

「部下がスカウトした人材を、一日足らずで追い出すのも私の沽券《こけん》に関わる。彼がこの館に留《とど》まることを許そう」

領主の低く心地の良い声が、力強い宣言が、部屋に響き渡った。

まるで計ったかのように、日の光が明るく部屋を照らし出し、アルウィムの髪が一層輝く。その麗《うるわ》しさは、まるで神話の中の女神様のようだった。

麦が呆然としていると、もう一度アルウィムが手を差し出してくる。

「……我が主の仰《おお》せのままに」

ジェイドは思い直し、主の言葉に従い頭を下げた。

首の皮一枚繋《つな》がったと知った麦は顔を明るくし、声を震わせた。

「俺、ここにいてもいいんですか？」

「ああ……ムギを巻き込んですまなかった」

謝るアルウィムに、麦は首を振った。

流れるような発音は耳に心地いい。なのに長い前髪が垂れ下がると、アルウィムの表情は見えない。

(顔が見えないのはもったいないな)

麦はぎこちなく、アルウィムの手を取った。

よそ者の麦に気を遣ってくれている。

ここにいていいと言ってくれた。

麦は胸が熱くなって今にも叫《さけ》びたい気持ちになった。

「すっごく綺麗な天然の銀髪を見られて嬉しかったです」

ジェイドには振り回されたと思うが、こうしたきっかけがなければ異世界転移した怪しい出自の麦が、領主であるアルウィムに出会い、この美しい髪を愛《め》でることはできなかっただろう。

麦の純粋な褒め言葉を受けて、髪が逆立つように波打った。喜んでいるのだろうか。感情のままに動き回るアルウィムの髪は、まるで犬のしっぽのようだった。

当のアルウィムは静かに俯いていた。

「ありがとうございますっ領主サマ！」

麦のはつらつとした声が、館中に響き渡った。

長い前髪の向こうで、アルウィムが笑った気配がした。

こうして麦はヴァレーンス領主の館に、しばらく留まることとなった。

緑溢れる丘陵の頂上にある館の窓から外を見ると東京のビル群とは異なる、風光明媚《ふうこうめいび》な景観が広がっている。麦はここでの新しい生活はきっと明るく楽しくなるだろうと胸を躍らせた。

港から吹き上がってくる風は温かくなり、緑美しいヴァレーンス領が花の季節を迎える頃のことだった。


「無理を押し付け、失礼なことを言い、申し訳ございませんでした」

アルウィムの部屋を出て二人だけで使用人の談話室へ戻る途中、ジェイドは改めて麦に謝ってくれた。しかしその顔は落胆《らくたん》に満ちていた。

「領主サマが承諾《しょうだく》しないから、彼にも俺にも説明せずにいきなり髪を切ってしまおうって思ってたんですか」

「ええ。アルウィム様は用心深い人ですから、平常通り髪に櫛を通すメイドが来たと思わせた隙に切ってしまいたかった。あなたは銀髪の怪物の噂を知らないようでしたし、事情を知らない方が先入観や罪悪感なく断髪できると考えました」

確かに、アルウィムに気づかれなかったら、麦はあの綺麗な銀髪にシザーを入れていたかもしれない。

「あなたのプロとしての信条に反することでした。お詫《わ》びします」

深々と頭を下げるジェイドを麦は止めた。

「もういいですって。ジェイドさんも俺の滞在を許してくれてありがとう」

出て行けと蹴られたことはあっさり水に流して、感謝の言葉を口にする麦に、ジェイドは苦笑した。

「我が主の判断ですから。さて、ムギでもダメだとすると、別の手を考えなくてはなりません」

ジェイドは目を閉じ小さく唸りながら眉間《みけん》を指で押さえる。

まだアルウィムの断髪を諦めていないようだ。

「あんなに嫌がっているのに、どうしても領主サマの髪を切りたいんですか？」

「……ええ。実は来月、北の国アイビスから代表がお越しになられ、初の二カ国会談が行われます」

「領主、会談？」

ジェイドは真剣な面持ちで頷いた。

「アイビスとヴァレーンスの関係性はご存知《ぞんじ》ですか」

「ええと、アイビスから難民が来ていて、色々問題になっているって宿で聞いたけど……」

難民との間で諍《いさか》いが絶えず、その影響でヴァレーンスの国民はよそ者への不信感を募《つの》らせていた。

そのため、よそ者である麦は肩身の狭い思いをしていた。

「はい。そもそも十年前までアイビスとヴァレーンスは魔術戦争をしていました。ヴァレーンスの先代領主、カルムム様がお亡《な》くなりになったことで停戦となり、国交のないまま時が流れました」

ジェイドの重々しい語り口に、麦は固唾《かたず》をのんだ。麦が街で感じていたよりも両国の関係は危《あや》うい状況にあるようだ。

「難民問題をきっかけとして、アルウィム様はアイビスとの外交再開を決断されました。両国にとって非常に重要な会談の日が迫っているのです。会談にはアイビスの重役たちをはじめとしてヴァレーンスの有力な貴族、一般公開のパーティー会場ではヴァレーンスの国民に他国から来賓《らいひん》や記者と多くの人が参列します。領主会談に領主が参加しないわけにはいきません。しかし、従者として、国民代表として、アルウィム様をあのみっともない長髪姿のまま公《おおやけ》の場に出すことはできません」

語る間にジェイドは白熱し、悔しそうに拳《こぶし》を握りしめていた。

「う、うーん……」

麦は腕を組み悩んでしまった。

第一印象は六割方、見た目で決まるという。

国を代表する公人にとって、見た目は非常に重要な要素であることは麦にも分かる。

ジェイドの自国の代表である領主には身分にふさわしく、どこに出しても恥ずかしくない姿であってほしいと思う気持ちは分からなくもない。

「アイビスの首脳陣はどのような方々かも未知数です。領主の容姿を発端《ほったん》に見下され、自国に有利な交渉をしてくるかもしれません。それに、今の長髪姿のアルウィム様を見たヴァレーンスの国民たちも銀髪の怪物の噂は本当だったのだと、落胆してしまうかもしれません」

「怪物の噂が事実になってしまうかもしれないってこと？」

ジェイドが頷くのを見て、麦もそれは避けたいと思った。

アルウィムと対面をして、麦は彼がけして噂通りの自分勝手な恐ろしい銀髪の怪物ではないと知った。

冷徹《れいてつ》無情な人が、よそ者の麦にここにいていいと言ってくれるわけがない。

彼が容姿のせいで、誤解されてしまうのは麦も嫌だった。

「分かった。ジェイドさん、俺も協力します！」

「え？」

「俺も領主サマの髪を切る……のは無理かもだけど、イメチェン！　そうイメージチェンジして、領主サマは怪物だって誰にも言わせない外見にしよう！」

本人の意思を無視して、髪を切ることはできない。

でも、切らなくても清潔にして髪型をアレンジすることで悪いイメージを払拭《ふっしょく》できるはずだ。

長い前髪の向こうに見え隠れしていたアルウィムの水晶のような硬質な瞳を思い出す。あの美しい瞳が見えるだけで、第一印象を変えられるだろう。

髪を切るだけが美容師の仕事じゃない。

東京ではお目にかかれなかったやりごたえのありそうな課題に、麦はやる気が溢れてきた。

新たな目標をくれたジェイドの両手を取り、上下に振る。ジェイドは麦のされるがままになっている。

その勢いに眼鏡がずれてしまい、らしくもない間の抜けた顔をしていた。

「ムギ……あなたは不思議な人ですね。まさか私に味方ができるとは」

「領主サマのためだって分かったから」

ジェイドがアルウィムの断髪にこだわるのは、けして身勝手な理由だけではない。

部下に慕《した》われているアルウィムと、領主を信頼し守りたいと思っているジェイドの素敵な関係性を麦は好ましく思った。

自分もこの人たちの、ヴァレーンスの力になりたい。

「俺にここにいていいって、言ってくれた。俺も領主サマの役に立ちたい」

麦の素直な気持ちを聞いたジェイドはふっと表情をゆるめた。

「会談まで時間がありません。アルウィム様に気づかれないように、作戦を練りましょう」

「はいっ」

まだここで麦にできることがある。ここにいてもいいのだと思えると、自然と笑みがこぼれた。

◇◇

領主の館にしばらく留まることを許された麦は表向きは来賓の扱いだった。しかし住まいと食事を与えられて、何もしないで過ごすことは麦にはできない。

ジェイドに頼み、使用人たちに混ざって庭の手入れや館内の清掃、食事の支度の手伝いと自分にできそうなことは何でもやった。

「アルウィム様？　ほとんど一日中自室でお仕事されているわよ」

栗色のロングヘアーが素敵な使用人のライザが洗濯ものを取り込んでいた。麦は手伝いながら、アルウィムについて聞いてみる。

ジェイドが束ねる館の使用人たちは、皆穏《おだ》やかで仕事熱心な人達だった。

突然やって来た麦を温かく迎えてくれ、丁寧に仕事を教えてくれるので、麦は安心して働くことが出来ていた。

館での生活は順調だった。

その裏で、美容師としての活動は一切できていなかった。ジェイドとの約束をアルウィムに悟られぬよう、美容師として目立った行動はしないようにと釘を刺されていた。

（館に来てからシザーを握れてない……腕が鈍《にぶ》らないか心配だなあ）

それにアルウィムイメチェン作戦は思うような進展もなく、内心焦っていた。

麦はアルウィムに接近したいのだが、相手は領主。来賓兼使用人の麦が理由もなくそう易々《やすやす》と近付けない。

（とにかく、領主サマに会わなきゃ始まらないよね）

作戦の成功率を上げるためにも、彼自身のことを知ることが重要だ。性格や嗜好《しこう》、普段の生活スタイルを知れば、彼に合った髪型の提案ができる。

些細《ささい》なことでも、アルウィムの情報が欲しかった。

「執務室は別にあるんだけど、自室を魔改造したとか何とかで、魔法を使いやすい環境にしたんですって」

ライザはおっとりとした口調で言った。小さな息子がいるという彼女は面倒見がよくお喋《しゃべ》りで、仕事以外の雑談も麦にしてくれる。

「あ、そういえばムギくんミツロウを探していたでしょ。アルウィム様の自室に隣接している木に空になった蜂《はち》の巣があったわよ」

「えっ本当ですか」

麦は毎朝宿屋の女将に貰ったオイルを自分の髪に馴染ませてスタイリングしている。しかしオイルだけでは固まらないので、束感を出し大胆にはねさせることが難しい。

自分の髪に、そして今後の仕事でも使用したいと考え、ヘアワックスの代わりになるものを探していた。そこでヘアワックスがミツロウで出来ていたことを思い出し、手に入れられないかと使用人たちに聞いて回っていたのだ。

「領主サマの部屋から見える木に、ミツロウがある……ありがとうライザさん！」

「あら、どういたしまして。そうだ、ムギくんって髪切り屋さんなのよね。今度私の髪を切ってくれないかしら」

「いいの!?」

「ええ、今度時間をつくってくれるかしら」

「もちろん。じゃあまたねライザさん」

取り込んだ洗濯ものを籠《かご》へ入れ、物干しとして使っていたロープと洗濯バサミを回収すると、麦は館の中へと走った。

毎日館の仕事を手伝っているだけでは、ジェイドとの約束を果たせない。

このままではアルウィムをイメチェンするどころか、髪に触れることだってできない。

（とにかく会いに行ってみよう！）

ミツロウを理由にして、アルウィムの部屋を訪れようと麦は決心した。

麦は領主の自室に続く螺旋階段を駆け上がった。

すると、その途中で黄色いフードを被《かぶ》った小さな頭と、階段の上から垂れ下がっている髪の毛の束に出会った。

イルと、アルウィムの銀髪の先っぽだ。上の階から銀色の絨毯《じゅうたん》のように垂れてきている。

イルがぴょこぴょこと階段を上がっていき、振り向いた。

「いくよーっ」

弾むような声を合図に髪は波打ち、階段の上で力《りき》むと板のように平らになった。

「きゃーっ」

広がった髪の上にイルが乗り上げ、下へと滑り落ちてくる。髪の毛の滑り台だった。

麦のいるところまで降りてきたイルはからからと笑っている。

イルが立ち上がると、髪はするりと浮き上がりイルに巻き付いた。

まるでイルと遊べることが楽しいとでも言っているようだ。

顔があるわけではないのに、表情豊かに動き回る髪は、本当に犬のしっぽのようだった。

「ふふ、ワンちゃんみたいだね」

麦が無意識に撫でようと手を伸ばすと、髪はシャッと毛を逆立ててイルの後ろに隠れてしまう。

「うっ……」

イルには懐《なつ》いている様子の髪に分かりやすく拒絶され、麦は苦い顔をした。

この銀色の髪のためにここへ来たというのに、結局触ることもできていない。

ここに来てから、日々は充実しているが、美容師としては何もできず歯がゆい思いばかりしている。

「ムギはこわくないよ」

イルがフォローをしてくれたが、しっぽのような髪はふいとそっぽを向いてしまった。

「イル！」

階下から声がした。紅茶セットを載せたトレーを持ったジェイドが麦とイルを見つけ、早足で上がってくる。

「あなたは……また学校に行かなかったのですか」

「学校？」

先ほどまでしっぽと笑顔で遊んでいたイルは、ジェイドに問われ表情を暗くした。フードを深く被り、俯いてしまう。

「……イル、がっこういかない」

ようやく聞き取れる音量で呟《つぶや》くと、イルは走り出した。しっぽは投げ出され、頭の上のフードを両手で押さえながら、逃げるように螺旋階段を下って行く。

（？　イル、フードが捲《めく》れるの、嫌なのかな）

「待ちなさいイル！　まったく、アルウィム様が甘やかすから」

ジェイドが残された髪のしっぽを睨みつけると、しっぽはびくりと飛び上がり、気まずそうに地を這《は》いながら上階へと戻っていく。

「ムギ、すみませんが、これをアルウィム様の私室へ運んでください」

「えっ？」

ジェイドは紅茶セットを麦に手渡すと、イルを追いかけて階段を下って行ってしまった。

引き止めることもできず、紅茶セットを託された麦は上階を見上げた。

階段の一番上から髪のしっぽがこちらの様子をうかがっている。目が合った気がした。

願ってもないチャンスだ。元々アルウィムの部屋へ行こうと思っていたのだ。

紅茶が冷めてはいけないと、麦はしっぽを追いかけて階段を駆け上がった。

アルウィムのことをもっと知りたい。その上で、できるならイメチェン作戦を提案し説得してみよう。

アルウィムの部屋の大きな扉は小さく開いており、そこからしっぽが覗いていた。麦が近づくと部屋の中へと引っ込んでしまう。

扉は開いたままだった。

あんなに断髪を拒否していたアルウィムだ。髪切り屋は来るなと言われてしまうかもと思っていたが、どうやら拒《こば》まれてはいないらしい。

麦の足が止まったことに気付いて、扉からしっぽが顔を出す。まるで来ないのかと招かれているみたいだった。

「失礼しまーす」

部屋の中は暗かった。部屋を囲っている大きな窓は全てカーテンで覆われている。

暗闇に目が慣れてくると、しっぽがテーブルの上にいた。髪がたしたしとテーブルを叩いている。

この上に紅茶セットを置け、と言っているらしい。

麦がテーブルの上にトレーを置いた音が部屋の中に響いた。

「……注いでくれ」

どこからか溜息《ためいき》混じりのアルウィムの声がし、麦は緊張しながら指示通りにカップに紅茶を注ぐ。

注ぎ終わると持ち手にしっぽが絡みつきカップを持ち上げた。

宙を浮いたカップがしっぽによって運ばれ、執務椅子に座っていたアルウィムの手に収まる。

目を凝《こ》らすと、宝石の付いた腰紐《こしひも》を巻いた白いローブ姿のアルウィムがいた。目の前には何枚もの鏡が浮いている。そのうちの一枚がぼんやりと光を放っており、アルウィムは真剣に見入っていた。

緑色と青色の画面に白いものが動いている。

どういう原理なのか分からないが、アルウィムの魔法の力で鏡をモニターのように使っているのだろう。

すると、別の鏡が光を放ち、音声が流れた。

「アルウィム様。北東地区教会でございます」

鏡の中に修道服を着た女性が映った。やや乱れた映像が、女性から教会の内部へと移る。

「シスターか。何かあったか」

アルウィムは膝《ひざ》の上の書物を捲《めく》りながら、鏡の向こうに話しかけた。

どうやら遠隔の相手と会話をしているらしい。

「この一週間でアイビス難民の収容人数が教会の受け入れられる限度を超えました」

礼拝堂の石畳の床に薄い布団が並べられ、人々が身を寄せ合っている。

「物資不足により難民たちの不満も積もっております」

「そうか。苦労をかけてすまないな」

アルウィムからの労《ねぎら》いの言葉に、シスターは目元を緩ませた。

「いえ、どうか皆が救われますようご慈悲《じひ》を」

「ああ。悪い。一度切るぞ」

シスターからの連絡が陳情《ちんじょう》だと分かると、アルウィムは早々に通信を止めた。途切れる間際《まぎわ》にシスターが慌てる様子が一瞬映った。

休みなくアルウィムは別の鏡に話しかける。

「ドゥラージ」

鏡が淡く光ると、今度は帽子をかぶりタオルを首に巻いた農夫が映った。

「へい。アルウィム様」

「果実園を見せてくれ」

「へいへい」

屋内にいた農夫は急いで外へと出た。広大な園に辿り着くと、アルウィムは収穫前の果物を見せるように言った。

立派な木々が整列しており、太い枝からリンゴのような赤い果実が垂れている。

「熟成度合いはどうだ」

「七割程度ってところ。収穫まで後二週間だ」

「収穫を早めることはできるか」

農夫は困った顔をした。

「食べられないことはないだ、けど品質的には落ちる」

「君が完熟果実にこだわり、精魂《せいこん》を込めて世話をしているのは重々承知している。私の占いでは来週、勢力の強い嵐が発生すると出た。このままでは収穫前の果実が落ちてしまうだろう。もちろん対策をして嵐に備えることもできるが……食糧不足の今、君の果実はひとつでも無駄にしたくない。皆に食べてもらいたい」

麦は先ほどまでアルウィムが見ていた鏡が、天気図であったことに気付いた。占いとは麦の知るところの天気予報のことのようだ。

迷いを見せていた農夫だったが、アルウィムの説得を聞いて頷いた。

「分かりましただ」

「ありがとう。いつも無理を言ってすまないな」

アルウィムの声が柔らかくなる。

「やあ。アルウィム様の占いのおかげで昨年は天候被害を受けなかっただ。出荷できなければ儲けもない、皆に食べてもらえない。ただ、これから急いで収穫するとなると人手が足りないだ」

「人員はこちらで派遣しよう。北東地区教会に収容されているアイビス難民だ。彼らを雇ってやってくれないか」

難民。ヴァレーンスの人々が邪険《じゃけん》にしているよそ者を、領主自らが派遣すると言ったことに麦は心配になってしまった。

だが麦の予想に反し、農夫は笑顔を見せた。

「へい。助かりますだ」

農夫との通信を終えたアルウィムは、次に先ほどの鏡を手招きし、シスターを呼ぶと果実園で難民たちに手伝って欲しい仕事が出来たこと、就労希望者を募って欲しいことを伝えた。

シスターはアルウィムに感謝を言い、通信は早々に終わった。

鏡は光を失い、部屋が暗くなると一仕事を終えたアルウィムは大きく息を吐きながら、執務椅子に深く座り直した。

「アイビスの人たちも働けるんだね。良かったあ」

同じよそ者として一方的にアイビスの人たちに親近感を持っていた麦は、彼らが居場所をなくさずに済んでよかったと心から安堵《あんど》した。

「ムギ。ああ、一時的な処置であり根本的な解決にはならないが、ドゥラージの懐《ふところ》の深さに助けられた。あの男は大地のように広大で偉大なのだ」

アルウィムは下の者をさらりと褒めてしまう。

だが便宜《べんぎ》をはかり、農夫と難民を繋いだのは領主であるアルウィムの力だ。

「我が民も、アイビスの民も疲弊しこのままでは決裂してしまう……この状況を好転させるためにも領主会談を成功させなければ」

「！」

会談を成功させたい。その気持ちはアルウィムもジェイドも同じなのだ。

（俺も、領主会談を成功させたい。そのために美容師としてイメチェン作戦も成功させたいっ）

麦はぎゅっと拳を握った。

「礼を言うのが遅くなった。ムギ、紅茶を持ってきてくれてありがとう。しかし、ずっと見ていたのか？」

アルウィムが指を鳴らしカーテンを少し開くと、部屋の中が明るくなりお互いの姿がはっきりと見えるようになった。

「あ、ごめんなさい。勝手に……」

「いや……君も一日中暗い部屋の中で鏡相手に喋り続けるのは不健全だと言うのだろう」

だから人に見られたくないのだと、アルウィムはうんざりといった様子で言った。

「え、なんで。リモートでお仕事なんて、今時普通でしょ」

麦のあっけらかんとした物言いにアルウィムが動きを止めた。

東京のお客様の中には、様々な理由で在宅ワークをしている人がたくさんいた。

麦を指名してくれていた若いシングルファザーは、育児のためにリモートワークができる仕事に転職したと言っていた。大変そうだったけれど、子供のために頑張るパパの姿は麦にはとても眩しかった。麦は彼が髪を切られている間だけは仕事や育児を忘れて息抜きができるよう心配りをしていたものだ。

「……違う、のか。また領主は堂々と表に出て、領民の手本となる健全な姿を見せろと言われるのかと」

どうやらアルウィムはジェイドをはじめとした人たちに日々引きこもりを咎《とが》められているようだ。麦にも同じことを指摘されると思い込んでいたらしい。

「どんな働き方でも、さっきの農夫さんやシスターさんは領主サマと話せて、嬉しそうだった。それが答えだと思う」

アルウィムは黙り込んでしまった。

どんな表情をしているのか分からないが、アルウィムは長い前髪の向こうから、麦を見ていた。

静かなアルウィムに反比例して、髪のしっぽは宙に浮き上がったかと思うと力を抜いて床に落ちを繰り返して忙《せわ》しない。

「あ、あの。さっきイルと階段で遊んで、ましたよね？」

この部屋でリモート業務をしながら、しっぽはイルの遊び相手をしていたということだ。魔術師といえど仕事をしながら子供の面倒をみるのは大変だろう。あのシングルファザーのように。

「ジェイドさん怒ってましたけど、イルは学校に行ってるんですか」

ヴァレーンスに学校があるということ自体、麦は初めて知った。

「ああ。だがすぐに登校拒否になってしまった。イルは私の眷属《けんぞく》。この領地には欠かせない存在だ。人間世界の勉強と、守るべき民のことを知るためにも登校して欲しいが……引きこもりの私が、イルに学校に行けとは言えない」

確かに引きこもりの人が不登校児に学校へ行けと言っても、自分のことは棚に上げてと、反発されるだけだろう。

幼いけれどイルはアルウィムの部下でもある。上司として登校を強制することだってできるだろうに、アルウィムはそうしない。

「どうしてイルは学校に行きたくないんですか」

「……」

麦の質問にアルウィムは横を向いてしまい、初めて口を閉ざした。

あからさまな拒否の態度をされて、よそ者のくせにデリケートな問題に踏み込み過ぎてしまっただろうかと、動揺する。

「話はこれまでだ。もう出て行ってくれないか」

しまった。

せっかくいい雰囲気で話が出来ていたのに。

急激にアルウィムとの距離感を感じ、悔しくて唇を嚙んだとき、麦はこの部屋に来た当初の目的を思い出した。

「あ、俺、ミツロウを取りに来たんだった！」

「ミツロウ？」

思い出した麦は窓に近寄ると、キョロキョロと外を見回した。

アルウィムの部屋に隣接してまばらに木が植わっている。木々の葉の中に蜂の巣がついているものを見つけた。少し手を伸ばせば、届きそうだ。

「あった」

ミツロウがあれば、ワックスが作れる。ワックスがあれば、髪型の仕上がりに幅が出てくる。確実に美容師業に役立つ。

せめてワックスだけは入手したい。

アルウィムは領主会談を行うと決めた。引きこもりの彼が大勢の人達の前に出ることとなる会談を開くと決めたのは、相当な覚悟があっただろう。自分の快不快ではなく、ヴァレーンスとアイビスの未来のために決断したのだ。

麦も両国の関係がこれ以上こじれることなく、平和であってほしい。全ての民に幸せになって欲しいと思う。

同じ思いであるアルウィムを助けたい。けれど麦に出来ることは少ない。

(領主サマをイメチェンすることは、領主会談の成功に繋がるはず。ジェイドさんを信じて、俺は俺が出来ることをやるしかない)

美容師として、領主会談に向かうアルウィムの役に立ちたい。

それが出来なければ。

(よそ者の俺が、ここにいる意味ない)

想《おも》いは麦を突き動かした。

蜂の巣のある木に一番近い窓を開けて、麦は窓に足をかけた。片手で窓枠を摑み、もう片手で蜂の巣がある木に手を伸ばす。

「もう、少し……」

幹を摑んだ、と思った瞬間、バランスを崩した。あっけなく幹から手が離れ、身体が下へと落ちていく。

「危ない！」

身を乗り出しすぎた。衝撃を覚悟したが、腰に何かが巻きつき、麦はぶら下がり左右に揺れ地面に激突することはなかった。

アルウィムのしっぽが麦の身体を捕まえていた。ずるずると上へ引き戻される。

助かった。

「なんてことをするんだ君は！　もう少しで落ちてしまうところだった」

麦を引き上げたアルウィムは声を荒らげる。

しっぽは腰から離れると、責めるように麦の頬をぺしぺしと叩いてきた。

「ご、ごめんなさい。俺、ワックスが……」

「勘弁してくれ。君に目の前で怪我をされたら……私は」

声が裏返っている。本気で麦を心配してくれたのだ。

憤《いきどお》っているアルウィムを前にして、麦は自分がしでかしたことの重さを痛感した。焦って後先考えず無茶をしてしまった後悔が押し寄せてくる。

「ごめんなさい……助けてくれて、ありがとう」

「ジェイドが私の断髪を諦めていないのは知っている。君もまた彼に巻き込まれているんだろう。現状に満足していないのは分かる。だが、もっと自分を大切にしてくれ」

「え……領主サマ、気付いて……？」

ジェイドとこそこそ計画し、しかしうまくいっておらずひとりで焦っていたことを、アルウィムに見抜かれていた。

一度離れて行った髪のしっぽが、再び麦に巻きついた。

麦が無事であることを確かめているようだった。

「君は私の客人だ。それ以外にここにいる理由は必要ない。堂々としていればいいんだ」

「……で、でも俺、よそ者だし。役に立たなきゃここにいる意味がない」

「関係ない」

落ちる麦を引き戻そうと力強く巻きついた時とは違う。優しく包み込むような巻きつきは抱擁《ほうよう》と錯覚するような温かさだった。

（領主サマに、抱きしめられているみたいだ）

思わず巻きついた髪を抱きしめ返してしまっても、アルウィムは何も言わなかった。

目を閉じると、涙が出そうになる。

察したしっぽがそっと麦の頬を撫でた。

その瞬間、麦は異世界に来てから、慣れない土地と知らない文化の人達の中で、気を張って無理をしていたことに気付かされた。

よそ者だから、ヴァレーンスの人達に認めてもらえるように人一倍頑張らなきゃと思っていた。

けれど、心のどこかでよそ者を受け入れてくれる人なんて、この世界にはいないのだと、諦めて自暴自棄になっている自分もいた。だから、怪我をする可能性を考えずに目の前のミツロウに手を伸ばしてしまった。

でも、麦のことを心配してくれる人が、ここにいた。

アルウィムの温かさは、麦の奥底にくすぶっていた不安をあぶり出し、慰《なぐさ》めてくれた。

「……本当に、ごめん。もう少しだけ、このままでいさせて」

アルウィムは返事をしなかったけれど、代わりに髪のしっぽがぎゅっと抱きしめてくれた。

何もしなくても、ここにいていいんだ。

麦は安心しきって全身の緊張が解けていくのが分かった。

蜂の巣のある木に鳥が止まり、鳴き声が聞こえてくる。

アルウィムは麦が顔を上げるまで、ずっと待っていてくれた。

◇◇

麦が干した白いシーツが青空に映えている。

洗濯を終えて、麦はぐぐっと伸びをした。

「はあ、いい天気だなあ」

館に来てから一週間経ったが、アルウィムイメチェン計画を進めることはできそうにもない。

麦が仕事中のアルウィムを訪ね、窓から落ちそうになり髪の毛に助けられたあの日から、顔を合わせるのが気まずくて、自分から近付くこともできずにいた。

目を閉じたら、髪に、いやアルウィムに慰められ甘えてしまったことを思い出してしまう。

（うわっ、なんで俺あんな恥ずかしいことしちゃったんだっ。相手は領主サマで会って間もない人なのに。もし今後領主サマの髪を触らせてもらえたとしても、変に意識しちゃったらどうするんだよ）

麦は頭を抱えてしゃがみ込んだ。

この世界に来てからずっと不安だった。よそ者の自分はいつ迫害されてもおかしくなかった。その運命から逃れたくて、居場所が欲しくて美容師としての地位を確立させようと必死だったのだ。

焦りと苛立《いらだ》ちを、アルウィムには見抜かれていた。

ヴァレーンスには宿屋夫婦や髪を切らせてくれた街の人、ジェイドやライザをはじめとした館の人達、麦に優しくしてくれる人はたくさんいた。

けれど、麦の奥底に抱える不安に気付いた人はいなかった。麦自身が深く考えようとしていなかったのだから当たり前だ。

でもアルウィムは気付いた。きっと顔を合わせていない時にも、麦のことを考えてくれていたのだ。

（……やばい。嬉しい）

今も、アルウィムが自分のことを考えてくれていると思うと何とも言えない気持ちになる。

頬がだらしなく歪むのを止めようと、麦は両頬を叩いた。

「こら！　イル、待ちなさい」

麦が立ち上がると、館からジェイドがイルを追いかけている声が聞こえた。

するると、渡り廊下の手すりをひょいと乗り越えて、フードを押さえながらイルがこちらへ走って来た。

きっとまた学校に行かないことを注意されていたのだろう。

「イル。おいで」

麦が呼ぶと、イルは素直にやって来た。二人で干した洗濯ものの後ろに隠れる。

ジェイドと数人の使用人がきょろきょろしながら渡り廊下を通り過ぎていった。

「行っちゃったみたいだよ」

「ん。ありがとムギ」

風が吹いてシーツが揺れ、イルの被っていたフードが外れた。

柔らかな栗毛の頭。細い長めの髪がさらりと流れた。その左右にぽこっと膨れている白いものを見つけ、麦は驚いた。

「え……？」

動物の角のように見えるが、幼いイルはまだ成長途中なのか完成形には見えず、たんこぶのように出っ張っているだけでひどく不格好だ。

「イル、君って……？」

慌ててフードを被り直し、イルは居たたまれなさそうな顔になっている。

「……きもちわるい？」

「ううん。気に障《さわ》ったらごめん。はじめて見たから、びっくりしちゃって」

頭のかたちや髪質はお客様によって様々だが、東京に角のある人はいなかった。

ヴァレーンスに来てからも街中で角がある人を見かけたことはないが、ここは異世界だ。麦の知らない人種や民族がいてもおかしくない。

「……つの、あるのイルだけ。みんなにはなかった。だからイルのこと、ヘンだって」

イルはフードの上から頭の角を撫でながら、消え入りそうな声で呟いた。

同じ年頃の子供たちに言われた時のことを思い出したのか、イルの目にはじわりと涙が滲んだ。

「イル……」

麦はイルに手を伸ばし引き寄せようとした。

しかし麦が触れる前にイルは声を出さずに泣きながらシーツの間をぬって走って行った。

ずっとイルはフードを被っていた。最初に見た時は幼い子にありがちな人見知りをしているのかと思っていたけれど、角を隠し、人の目を遮《さえぎ》るためだった。

何があったのか子細《しさい》は分からないが、想像は容易《たやす》い。

イルは学校で同年代の子らに頭の角について、何かを言われ傷ついた。

その場にいなかった麦は同級生らの態度や口ぶりを想像するしかない。イルの気持ちを考えずに、頭に角がある子が物珍しいと大勢の前でからかい、笑ったのかもしれない。

それをきっかけにイルは、不登校になってしまった。

(不登校、フード、角……)

「ムギ」

麦が考え込んでいると、本館と別館を繋ぐ渡り廊下から声がかかった。

「えっ、領主サマ!?」

銀色の髪が風に揺れていた。引きこもりのアルウィムをお日様の下で初めて見て、麦は驚きの声を上げた。

アルウィムの姿を見た途端、長い髪に抱きしめられたことを思い出して、麦の体温が上昇した。

「ど、ど、どうかしました?」

声がひっくり返ってしまう。あの時のことが頭の中を占領して、どんな顔をしてアルウィムに向き合えばいいのか分からない。

髪が手招きをするように上下に動いていた。

逃げるわけにもいかず、麦は芝生の上を小走りした。

麦が渡り廊下まで来ると、アルウィムは瓶を差し出した。

「え？　これって？」

思わず受け取ってしまう。瓶の中には白黄色の粘り気のあるクリームが入っていた。ミツロウだ。

「ライザに聞いた。ムギはこれが欲しかったのだろう？」

「う、ん……ありがとう」

麦が礼を言うと、アルウィムは口元を緩ませた。

草木の匂いをのせた風が、二人の間をすり抜けていく。

これを渡すために、アルウィムが麦に会いに来てくれたのだと気付く。

「もう、窓から木に飛び移るなんて真似はしないな」

「う、うん……」

瓶をぎゅっと握り込んだ。

アルウィムはどうして麦があんな無謀《むぼう》なことをしたのか、何がしたかったのか使用人に聞き回ったのだ。

麦の欲しかったものはミツロウだと知り、麦の代わりに取ってきてプレゼントしてくれた。

髪の毛に助けられ、甘えて、顔を合わすのが気まずいと麦がぐだぐだ悩んでいる内に、アルウィムは麦がもう無茶をしないように、麦のためにできることを考えてくれたのだ。

どうしよう。ものすごくドキドキしている。

「うれしい……」

麦のストレートな言葉に、アルウィムは面映《おもは》ゆそうだった。

「そうか。良かったな。何に使うのか知らないが、役立ててくれ」

アルウィムは麦が欲しいものが手に入ったから喜んだのだと思ったのかもしれない。

それよりも、アルウィムが麦のことを想って、行動してくれたということが何よりも嬉しかった。

(してもらうばかりじゃダメだ。俺にできること、してあげられること)

「アルウィム様」

別館の方からジェイドがやって来る。一瞬、アルウィムがこんなところにいて驚いたようだった。

けれど麦と一緒にいるところを見て、指摘することは野暮《やぼ》だと思ったのか、何も言わなかった。

「イルを見ませんでしたか」

どうやらイルは上手く逃げることができたようだ。

「いいや」

ジェイドは大きくため息をついた。

「イルはこのままでいいのですか」

「学校に行って欲しいとは思ってる」

「でしたら、イルを説得してください」

イルの保護者でもあるアルウィムに、ジェイドは厳しい目を向けた。

「引きこもりの私が、イルに学校に行けと言えるわけがない。それにイルの気持ちが一番大事だろう」

大人たちは黙り込んでしまった。

(俺がイルにしてあげられること)

瓶の中のミツロウが日の光を反射している。その使い道を思い浮かべて、麦は顔を上げた。

「あの！　お願いがあります！」

「ムギ？」

突然大声を上げた麦に、アルウィムとジェイドが振り返る。

アルウィムは怪訝《けげん》そうに、麦の次の言葉を待っていた。

「俺に、美容師やらせてください！」


領主の館には、着替えの間と言われる部屋がある。

壁に大小様々な絵画がかかり、天井からは明るいランプが垂れ下がっている。帽子掛け、靴置き、アクセサリーの並べられたケース、そして大きなクローゼット。領主が外出前に立ち寄り、身なりを整えるための部屋だ。

もっとも、引きこもりのアルウィムが立ち寄るわけもなく、掃除はしてあるが帽子や靴は並んでおらず棚は空っぽで、使用感が全くない部屋だった。

この部屋を、麦は貸してほしいとアルウィムに頼んだ。

「イルにしてあげたいことがあるんだ」

真っ直《す》ぐに訴えかけた麦に、アルウィムはすんなりと許可を出した。

麦はさっそくお目当てのそれに被せられていたクロスをはぎ取った。

壁に備え付けられた、アンティーク風の大鏡が顔を出した。

繊細な装飾に縁《ふち》どられ、映った人を優雅な気分にさせてくれそうな、この鏡を使っていないなんてもったいない。

麦は布巾《ふきん》で丁寧に鏡の表面を磨いた。

「……その鏡が使われるのは、祖母が存命していた時以来だ」

アルウィムがチェアに腰掛け、長い前髪の下、遠い目をしている。亡き祖母への思慕《しぼ》というには複雑な色合いを含んだ独り言だった。

麦は気になったが、扉が開きジェイドが入って来たので話を広げることはなかった。

「失礼いたします。イルを連れて参りました」

ジェイドに促されて、フードを被ったイルがおずおずと入室してくる。その目は赤くなっており、あの後ひとりで隠れて泣いていたのだと思うと麦は胸がずきりと痛くなった。

「来てくれてありがとう。イル」

泣いていたことをイルは知られたくないのかもしれない。麦は気付かないふりをして努めて明るい声で話しかけた。

「ここに座ってくれるかな」

大鏡の前に用意したチェアにイルを呼び寄せる。子供には座面が高いチェアなので、麦はイルの脇に手を入れ体を持ち上げて座らせた。イルは落ち着かないのか床につかない足をぶらぶらさせている。

麦はイルの背後に立ち、鏡越しに目を合わせた。

いったい何が始まるのだろうと、その場にいた麦以外の人物たちは緊張の面持ちであった。

「イル、あのね。俺の職業は美容師っていって、お客様の髪を切ったりアレンジしたりするんだ」

「イルのかみきるの……？」

イルはフードの上から毛髪を押さえた。頭の角をフードで隠している。長く伸ばしている髪もまた、少しでも角を隠したいという思いからきているのかもしれない。唯一の身を守る方法を奪われるのではないかとイルは怯《おび》えていた。

「切らないよ。少しアレンジさせてほしいんだ」

「……」

イルは心細そうに鏡の中の麦と、振り向いて本物の麦を交互に見つめた。

フードを外したイルの毛髪を見た限り、毛先はバラバラで定期的に切っている様子はない。イルに限らず、この国の人は誰かに髪を触ってもらう経験が少ない。体験したことがないので怖いのは当然だろう。

麦は顔を上げて、後方にいるアルウィムに鏡越しで合図を送った。

気付いたアルウィムは小さく頷くとぎこちない動作でイルの隣に来た。

目線を合わせようと銀色の髪が広がることも厭《いと》わずにしゃがみ込んだ。

「イル、ムギのアレンジとやらを受けてくれないか」

ぶっきらぼうな口調ではあったが、アルウィムの真剣な思いは幼いイルにも伝わったのだろう。

「……わかったの」

イルが頷くと、その場にいた大人たちから少し緊張が解けた。

アルウィムはイルの手を強く握ると、一歩下がり離れた。すかさずそこへジェイドが、長い髪を踏みつけないように気を付けながらチェアを置き、主を着席させた。

「ありがとうイル。フードを取るね」

大鏡に向き直ったイルの、フードを取る。それはイルの人に見られたくない内側を暴き、剥《む》き出しにさせることであった。

その柔らかな心の内に触れることに重責を感じ、麦の指先に緊張が走った。

イルのしなやかな栗毛の中、頭の左右に未発達の白い出っ張りがある。櫛を通そうとすると、当たってしまいそうだ。

美容学校の教科書にも、角のある人の髪をアレンジする方法は載っていなかった。もちろん東京で角のあるお客様を担当した経験はない。麦の知るセオリー通りにはいかないのだと改めて思い直した。

慎重《しんちょう》になっている麦に、イルが上を向いて言った。

「つの、さわってもいたくないよ」

「ありがとう。ごめん、ちょっと触っちゃうよ」

イルの角も髪や爪と同じくケラチン、たんぱく質で出来ているのだろうかとよそ事が頭に過《よぎ》った。触れても痛くないようだが、傷をつけてしまっては大変だ。なるべく櫛が角に当たらないように髪の間に入れる。

麦はもらったミツロウを手に取った。子供の髪は細くほつれやすい。スタイリングの前にコイン大のミツロウをヘアワックス代わりにすくいとり、ブロック分けした髪に軽く馴染ませた。

角の横に生えている毛を束にして、巻きつけて角を隠した。それだけでは角が全て隠れないので、次に下に伸びている髪を左右に分けて束にする。

右側の束をすくい上げ、角の下のあたりまでぐっと引き上げる。

「いたいいたい」

頭皮を引っ張られてイルは痛がった。

「ごめんね。ここは我慢《がまん》してっ」

痛がるイルは可哀想《かわいそう》だが、しっかり引き上げることは仕上がりに関わるので手を抜けなかった。

束にした髪を左右どちらも根本で結び、テールを作る。結んだ髪の束をねじって角の上でぐるぐると巻いていく。丸くかたちを整えてゴムでとめる。

そしてもう片方の角の上でも同じものを作った。

髪を結いながら、麦は願いを込める。

(イルが自信をもって、学校に行けますように)

「出来た。イル、鏡を見てごらん」

結った後の髪が引っ張られている感覚に慣れないのか目をしぱしぱさせているイルが、鏡の中の自分を見た。

髪で作ったお団子が二つイルの頭に乗っていた。毛束をくるっと丸くまとめたシニヨンヘアだ。

白い角はお団子に隠れ、近くでまじまじと見つめなければ、そこに角があるとは気付けない。

イルは初めて見るお団子ヘアの自分にきょとんとしている。

「すっごく似合っているよ」

満足のいく仕上がりだ。想像した通りに細部までこだわることができたのは、アルウィムがくれたミツロウのおかげだった。

「……ほう、きっちりとした左右均等の仕上がり。襟足もすっきりして清潔感がありますね。美しいです。素敵ですよ、イル」

ジェイドが手を叩いて褒めてくれた。

アルウィムはイルと同じく鏡の中を凝視したまま、言葉を失っていた。

麦はそっとアルウィムに耳打ちする。

「ほら、領主サマも褒めてあげて」

「あ、ああ……」

イルが振り向き、二人は顔を合わせた。

「可愛い……や、かっこいいぞ」

イルが喜ぶだろう言葉に言い直しているのは、さすがだ。

「かっこいい？」

アルウィムが力強く頷くと、そっとお団子に手を当てる。その目に微《かす》かな光が宿った。

続いてジェイドと麦を見た。もう一押しだと、大人たちは団結する。

「かっこいい」

「かっこいい」

ここぞとばかりにアルウィムの言葉を繰り返す大人たちは傍《はた》から見たら滑稽《こっけい》だが、三人の賞賛を浴び、イルの瞳に宿った弱い光が大きな輝きに変わった。

「つの、みえない。イルのかみがた、かっこいい！　ムギすごい」

チェアから飛び降りて、鏡と大人たちを交互に見た。両手を広げてはしゃいでいる。

嬉しそうなイルに同調したのかアルウィムの髪がうねって、イルの腕に巻きついて上機嫌な様子だった。

「気に入ってくれて良かった……」

安堵の息と共に吐き出した独り言はアルウィムに聞かれていたようだ。上げた視線の先で目が合った気がした。

アルウィムもまた、口元を緩め柔らかな表情をしていた。彼も麦と同じ気持ちなのだろう。

「ムギすごい。イルのかみ、じまんなの」

イルは上を向いて鼻息を荒くしながら胸を張った。無邪気に笑うイルはアルウィムの髪を滑り台にして遊んでいた時と同じくとても楽しそうだ。

「では学校の皆に見てもらうのはどうだ」

「領主サマっ」

アルウィムが大人の隠していた下心を直球で投げたので、麦は少し焦った。

髪型を変えて、角が気にならなくなることでイルに自信をつけて欲しかった。もちろん、同級生の目も気にせずに学校に行けるようになれたらいいなと思ってはいたが、急ぎすぎではないだろうか。

イルは学校という単語に少し緊張した面持ちになったが、アルウィムに向き直った。

決意を秘めた彼の横顔は、子供とは思えないくらいに精悍《せいかん》だった。

「うん……イル、がっこういく。だから。ムギ、またイルのかみ、かっこよくして？」

「……イル」

イルに自信をもって欲しかった。ほんの少しの工夫で角なんか隠せる。

他人の目なんか気にしなくていいんだ。

だって君は、こんなにもみんなに愛されている。

イルが麦の願いと奉仕を素直に受け止めてくれたのだと分かる。

報《むく》われたような気持ちになって、麦は勢いよくイルを抱きしめた。

「もちろん！　任せてよ。だって俺は美容師だからね」

美容専門学校で技術の成績が伸びずに落ち込んでいたことも、店で居残り練習をしていた苦難の日々も、ヴァレーンスにやって来て思うようにいかなかった日々も、すべて吹き飛んでしまう。

美容師になって、良かった。

「ありがとうイル」

アルウィムと顔を合わせると、長い前髪の向こう側でほっとしたように目配せをしてくれた。

ご機嫌なアルウィムの髪のしっぽが麦やイルの腕に甘えるように巻きついてくる。

その夜、イルは髪を解くことを嫌がったが、毎日結ってあげると約束してようやく眠りについた。

なかなか自室に戻ろうとせず、アルウィムの私室のソファの上で眠りこけてしまったイルを挟んで、反対側にいるアルウィムと目が合うと、まるで家族になったみたいで、照れくさくて。でも、とても幸せな気がした。

◇◇

翌日から麦《むぎ》の朝の仕事はイルの髪を結うことになった。

朝食の前にイルと共に着替えの間に入り、お団子頭を結い上げる。

イルが通学バッグを提《さ》げて使用人に連れられて登校していくのを見送るまでが麦の習慣になった。

「いってらっしゃーい」

手を振るとイルが振り返してくれる。コンプレックスを乗り越えて、学校に行くようになったイルの姿には麦も元気づけられた。

「おはよー」

「ライザさん。おはようございます」

出勤して来た使用人のライザがイルと入れ違いでやってくる。ライザは街に同居家族がいるため使用人宿舎には入居せず、毎日通勤していた。

茶色いロングヘアーが朝の瑞々《みずみず》しい空気の中で揺《ゆ》れている。

「イルくん学校に行くの楽しいみたいね」

「はい。友達も出来たみたいで本当に良かったです」

「うん。あ、ムギくん。今時間あるかな、前にお願いしてたけど髪を切って欲しくて。もー伸びて邪魔で耐えられないの」

「喜んで。着替えの間にどうぞ」

「ありがとう」

大鏡の前にライザを案内して座ってもらい、肩にカットクロスをかける。

イルの一件から、使用人たちの間でも麦が美容師であることが話題になり、ヘアカットを頼まれるようになった。

使用人の仕事の合間をぬってヘアカットをさせてもらうことにしたのだ。館《やかた》にいる限りは衣食住は保障されているので、しばらくはお代に生活消耗品を貰《もら》うことにした。

また愛用のカットシザーを握り込むことができて、嬉《うれ》しい。

(領主サマが着替えの間を使っていいって言ってくれたおかげだな)

誰も使っていなかった部屋だから、とアルウィムは麦が着替えの間を自由に使うことを許してくれ、館の中で美容師業を行うことを認めてくれた。

この部屋には大きな鏡をはじめとして椅子《いす》や道具を置ける装飾台など、美容師業に役立つ基本の道具が揃《そろ》っている。

専用のものではないため、使い勝手は劣るが東京の美容室と遜色《そんしょく》ない。

(俺の、初めてのお店だ)

自分の店を持つことは、麦の夢だった。東京にいたころは実現はまだまだ先だと思っていたけれど、まさかヴァレーンスで夢が叶《かな》うなんて。

カットシザーを持つ手に気合が入る。

「子供がいると自分の手入れは後回しにしがちなのよね。切ってもらえて助かる。手のひら分くらいの長さ切ってもらって、量も減らしてもらえる?」

「了解です」

ロングだったライザの髪をセミロングくらいまで短くし、毛量の調整をしてカットを終えた。

伸びきって重たい印象だったライザの髪は、栗色が映える軽やかなセミロングになった。

おまけに頭頂部近くから毛束を三等分にして耳の後ろまで編み込みしゴムで結ぶ。結び目を隠すようにサイドヘアを垂らす。反対側も同じく編み込みした。

忙しいママから、可愛《かわい》らしいお嬢さんに変身。

ライザは大鏡の前に乗り出し、左右を向いて仕上がりを確かめる。

「バッチリ！　私ってばすっごく可愛い」

「はい、めちゃくちゃ可愛いですよ」

自画自賛するライザとハイタッチをする。

「ありがと、ムギくん。今日もお仕事頑張ろうね」

ライザはお代として焼き菓子をくれた。

切ったばかりの髪をご機嫌に揺らし、ライザは部屋を出ようとする。

麦は先回りをして、扉《とびら》を開けた。仕事へ行くライザを見送ると、東京の店での日々を思い出す。

お客様を先導して、姿が見えなくなるまで見送りをする。東京の店で麦が一番最初に覚えた仕事だった。

ライザを見送った麦は床に散らばった髪を丁寧に集めて片づけると、厨房《ちゅうぼう》へ向かった。

今日は館に勤務するたった一人の料理人が公休のため、昼食作りはジェイドが担当するという。麦はその手伝いを頼まれていた。

厨房へ行くと、エプロン姿のジェイドが鍋《なべ》の中をかき混ぜており、パイの焼ける香ばしい匂いが部屋中に広がっていた。

「ここに来る前、ライザさんの髪をカットさせてもらったんです」

「それはそれは。ライザは喜んだでしょう。今日もイルの髪を結ってくれたのですか」

「うん。イルが学校に行けるようになって良かったね」

「ええ、ムギには感謝していますよ。あなたもよっぽど嬉しかったのですね」

「えへへ」

毎朝のイルの髪のアレンジは、麦に充実感を与えてくれる仕事だった。

(領主サマはどう思ったかな)

美容師の麦を見直してくれただろうか。アルウィムもイルの変化を喜んでいてくれたら嬉しい。

皿を食器棚から人数分取り出す。

大量のスープが大きな鍋で作られていた。

「ジェイドさんに聞きたいことがあったんだけど」

味見を終えたジェイドが頷《うなず》いて麦の質問を促《うなが》した。

「どうして領主サマは銀髪の怪物って言われているの」

麦の質問にジェイドの表情は少し陰《かげ》りを見せた。

美しいけれど、異常に長い銀髪。確かに外見は怪物に見えるかもしれない。

けれど、アルウィムは領民からその治政の腕を評価されているし、館の使用人たちもアルウィムのことを恐れてはいなかった。

何より麦自身、アルウィムと接してみて怪物だと思える要素は感じられなかった。

「長い話になりますが」

ジェイドは前置きを入れてから話し始めた。

「最初に銀髪の怪物と呼ばれ始めたのは、アルウィム様ではありません」

「え？」

「そう呼ばれていたのはアルウィム様の祖母、先代領主のカルムム様です。カルムム様は優秀な魔術師であり領主でした。しかし晩年は……変わられてしまったのです。突然、領民への十分な説明もなく北方の隣国アイビスへの侵攻を始めたのです」

「……戦争」

「ええ、兵士として駆り出されたヴァレーンスの民は瞬《また》く間に疲弊《ひへい》し、多くの命が失われました。側近が何度退却を懇願《こんがん》しても、カルムム様は聞き入れませんでした。森も建物も人も燃えていく火の海のなか、カルムム様の銀髪だけが、なびいていたそうです」

戦火の中、亡骸《なきがら》の上に立つ銀髪の領主。

ヴァレーンスの負の歴史に、麦は言葉を失った。

「それで、銀髪の怪物……領主サマのおばあさまが、どうしてそんなことを？」

あの優しく聡明なアルウィムの祖母が、そんな残酷な人だったなんて信じられない。

「分かりません。側近が何度問うても、北の魔女を封印できるのは私だけだから、と繰り返すだけだったそうです。北の魔女はヴァレーンスの創造神話に出てくる、伝承の中の登場人物です。北の魔女など存在しないのだと何度も説明しても、カルムム様は聞く耳を持っていなかった」

「北の、魔女……」

胸の奥がざらついて落ち着かない気分になる。

「間もなくしてカルムム様が亡《な》くなり、直系であるアルウィム様が跡を継ぐことに領民の意見は真っ二つに分かれました。側近たちの支えによりどうにか領主の座についたアルウィム様は戦争をやめ、自国の統治に専念しました。ヴァレーンスは平穏《へいおん》を取り戻し、アルウィム様を支持する声も徐々に増えていきました」

カルムムによって消えかけていた領主への信頼をアルウィムの努力の末に、取り戻すことができたのだろう。

「カルムム様とアルウィム様は、違うのだと領民は分かっています。分かろうとしている。しかしどこかでカルムム様と同じ銀の長髪姿のアルウィム様を信じ切れないのです……私もです。このままアルウィム様が髪を伸ばし続けたら、いつかカルムム様と同じようになってしまうのではないかと怖れている。だから本心ではアルウィム様の髪を切ってしまいたいと思っているのです」

ジェイドの話が終わり、しんと静まり返った厨房にオーブンからパイの焼き上がる匂いが漂《ただよ》ってくる。

「……今のは個人的な杞憂《きゆう》にすぎません。すみませんがアルウィム様には内密にしてください。ムギ、代わってくれますか」

ジェイドはオーブンからパイを取り出そうと、麦にスープをかき混ぜていたレードルを渡した。

麦は受け取ると、鍋の前に立つ。

これから行われるのは、ヴァレーンスが戦争を仕掛けていたアイビスとの、領主会談。

（アイビスの人達が、自国を攻めて来たカルムム様の孫である領主サマを恨んでないはずがない。けれどヴァレーンスの領民の中にも銀の長髪の領主サマを信じられない人がいる）

ヴァレーンスの領民は皆、アルウィムを支持しているのだと麦は思い込んでいたけれど、そうではなかった。いつ不満を持つ人々に引きずり降ろされてもおかしくはないのだ。

彼の立場は盤石《ばんじゃく》ではない。

その血筋を理由に領主にふさわしくないと批判を受け続けているのだろう。

（生まれなんて変えられないのに。ずっと言われてたら引きこもりたくなるよ）

長い髪を纏《まと》いカーテンを閉めた暗い私室にこもっているアルウィムの姿が、とても物悲しく思い出される。

アルウィムの長い髪を怖れている人達がいる。彼らの不安を取り除くためにアルウィムの髪は切るべきなのだろう。

(でも、領主サマは髪を切りたくなくて)

よそ者の麦は、ヴァレーンスのために、アルウィムのために何をしてあげられるのだろう。

頭が痛い。美容師としてではなく、人としてどうするべきなのだろう。何が正しいのだろう。

ぐつぐつと煮立っているスープの中にレードルを入れ掬《すく》おうとしたが、突然、麦の視界がぐちゃりと歪《ゆが》んだ。煮込まれた野菜の匂いが気持ち悪く感じる。するりとレードルが手から滑り落ちる。

(あれ……?)

覚えのない赤い地面と、裸足の小さな足先。

知らない記憶が脳の奥底から呼び出される感覚に吐き気を覚えた。

真っ赤な背景と少女の影がフラッシュバックする。

呼吸が乱れ、ガチガチと歯が鳴った。

麦を襲ったのは死の恐怖だった。

「ムギ!」

ジェイドが叫《さけ》んだ声が遠くに聞こえるのに、鍋が煮立っている音だけやけにはっきりと聞こえる。力が入らず、瞼《まぶた》が重い。麦は抗《あらが》えず、厨房の床の上に倒れていた。

風が頬《ほお》を撫《な》でる感触で麦は目を覚ました。天蓋《てんがい》の白い布が揺れている。弾力性のあるマットの上が心地良くて、ひどく幸せな微睡《まどろみ》の中にいた。

「ッ！　ムギおきた」

甲高《かんだか》い声はイルだ。寝ている麦の顔を覗《のぞ》き込んだかと思うと振り返って誰かを呼んだ。イルの声を聞いて、髪のしっぽが飛んできた。ぴょんと麦のお腹《なか》のあたりに乗り上げると、麦の顔に何度も頬擦《ほおず》りするようにくっついて離れてを繰り返す。よほど麦が目を覚ましたのが嬉しいようだ。

「あ、れ」

「ムギたおれた。いたいところ、ない？」

厨房で意識を失ったことを思い出す。

「大丈夫。痛いところはないよ……ってここ」

広くて明るくて大きなベッド。麦に与えられた私室ではない。

「私の部屋だ」

「りよっ」

しっぽを辿《たど》った先にはもちろんアルウィムがいる。

「イル。ムギと話をさせてくれ。それからジェイドに報告して来てくれないか」

「ん。ムギ、おみずここにおいておくの」

サイドテーブルの上の水差しとコップを指差し、イルはお団子頭を揺らしながら部屋を出て行った。

二人きりになり、イルの座っていた椅子にアルウィムが座り、無言で睨《にら》んでくる。

「身体は大丈夫か」

「は、はい……あのぉ。もしかして倒れた俺をここまで連れて来てくれたのって」

「私だ」

階下かつ館の隅にある厨房から、最上階の領主の私室まで意識のない麦をアルウィムに運ばせてしまったことを知り、青くなった。

またアルウィムに迷惑をかけてしまった。

「ご、ごめんなさいっ」

「まったく君は。窓から落ちそうになった時といい、無理が過ぎる。打ちどころが悪ければ大変なことになっていたかもしれないんだぞ」

怒鳴られて麦は肩を竦《すく》めた。

縮こまる麦を見て、アルウィムは冷静さを取り戻すと大きく息をついた。

「突然倒れたと聞いたが、どこか悪いところがあるのか？」

「そ、そんなことないよ」

首を振りながら、倒れる直前に思い出した真っ赤な光景が頭に過《よぎ》り、麦の胸の内をざわめかせた。

あれは何だったんだろう。

そういえば、宿屋にいた頃も一度倒れて夫婦を驚かせてしまった。

東京にいたころは、こんな風に倒れたことはない。

麦が突然倒れるようになったのは、ヴァレーンスに来てからだ。

(何か、大事なことを忘れてる……？)

思い出そうとすると、頭が痛くて思考が閉ざされてしまう。

「心配させないでくれ」

案じてくれるアルウィムにこれ以上気を遣《つか》われたくなくて、麦の身に起きたことを言い出すことはできなかった。

「……本当にごめんなさい。しっぽくんも心配してくれてありがとう」

腕に巻きついてくるしっぽを麦は感謝の気持ちでそっと撫でた。

「しっぽ？」

「あっ。この子、領主サマのしっぽみたいで可愛くて、こっそりそう呼んでました」

自分のことだと分かったのか、呼ばれて嬉しそうに髪のしっぽはくるくるととぐろを巻いて、走り回っていた。

「しっぽ」

「あ、嫌でした？」

しっぽは主《あるじ》であるアルウィムを見上げると興味なげにふいとそっぽを向いて、また麦にじゃれつく。

「……別に好きに呼ぶといい」

「はいっ」

無邪気に麦に擦《す》り寄ってくるしっぽを受け止める。

麦としっぽが仲良くする様子に、アルウィムは面白くなさそうな顔をしているが、確信したことがある。

やはりアルウィムの髪のしっぽは犬のそれと同じように主の感情を表現しているのだ。

「ふふっ」

思わず麦は笑顔になった。アルウィムは麦の前ではムスッとしていることが多いが、内心ではしっぽと同じように大はしゃぎしているのだと思うとおかしい。

初めて会った時は、警戒心剝《む》き出しであったしっぽが麦に懐《なつ》いてくれたことが、嬉しかった。

動き回るしっぽの髪の毛一本一本が麦の指の間をすり抜けていく。

「可愛いなあ、しっぽくん」

「なっ、何を言っているんだ君は」

しっぽを愛《め》でただけなのに、まるで自分が言われたかのようにアルウィムは動揺している。声が裏返っていた。

「俺、しっぽくんのこと……領主サマの髪、切れないです」

ぼそりと、麦が言うとアルウィムが真剣な表情になった。

麦はまっすぐにアルウィムを見た。前髪で隠れた目と麦の目が合うことはない。けれど前髪の向こうから、アルウィムは麦の決意を受け止めてくれている。そんな気がした。

最初に銀色の髪を見た時は、美しさと物珍しさに切りたいという衝動に襲われた。

けれど一緒に過ごす中で、麦を励まし心配し懐いてくれるようになった髪のしっぽを切るなんて、できるわけがなかった。

「……ジェイドから何か聞いたのか」

「はい。領主サマが銀髪の怪物って言われているのは、先代のことがあったからって。俺、領主サマが怪物だって言われるのは嫌です」

麦の知っているアルウィムは、怪物なんかじゃない。

アルウィムは立派な領主だ。自国領民の暮らしを一番に考えつつ、けれど因縁《いんねん》のあるアイビス難民たちを無碍にもしない。両国の平和を考え、領主会談に臨もうとしている。

よそ者である麦のことだって、尊重し心配してくれる。

尊敬できるアルウィムが、怪物だと言われ続けるのは心苦しかった。

元凶である銀の長髪は、ジェイドの言う通り切ってしまった方がいいのだ。

切ってしまえば、怪物と言われることもなくなり、アルウィムに旧領主の面影《おもかげ》を重ねて、怖がっている領民たちの不安を払拭《ふっしょく》することができる。

「でも、領主サマの一部であるしっぽくんを、俺は切れません」

「ムギ……」

しっぽが浮き上がり、ぱたりと重力に負けて下へ落ちた。

「あれ？　しっぽくん？」

麦がさすってみるが、しっぽは動かなくなり、ただの髪となった。

「魔力を切断した」

動力源を断たれたら、動かなくなるのも当然と思いつつ、擦り寄って来てくれないのが少し寂しい。

「ムギ。君を抱きしめてもいいか」

「……えっ」

「髪ではなく、この腕で」

アルウィムは二本の腕を広げ、麦の肩に手をかけた。

「なんななんで」

何故《なぜ》アルウィムがそんなことを言い出したのか見当がつかなくて、麦はベッドの上で身体を固くした。

「私を拒否するのか」

「きょひ!? そんなつもりは」

「では承諾《しょうだく》したか」

「ままままって、俺が領主サマに抱きしめられる筋合いは全く覚えなく……」

「しっぽにはされていただろう」

窓から落ちそうになった後のことを言われ、麦は顔を赤くした。あれは不可抗力だ。咄嗟《とっさ》の事故で心が剝き出しになって、つい甘えてしまった。

「あれは忘れてくださいっ」

「忘れられるわけないだろう。しっぽが君を抱きしめたことがあるのに、私が抱きしめたことがないというのは不服だ」

「ええっ、領主サマもしっぽくんも同一人物でしょ」

「しっぽと名前をつけて、私とコレを区別したのは君だろ」

そう言われると、言い返せない。

「わっ」

痺《しび》れを切らしたのか、アルウィムは麦を引き寄せると、両腕の中に簡単におさめてしまった。

アルウィムの銀髪が頬を掠《かす》め、甘い香りに包まれる。

痛いくらい強く抱きしめられ、身動きを封じられ麦はされるがままになるしかなかった。

心臓の鼓動がうるさくて、アルウィムに聞こえてしまいそうだ。

居たたまれないのに、逃げ出すことができない。病み上がりだからしょうがないとよく分からない言い訳を自分にする。

しっぽに抱きしめられた時は、タオルにくるまれたような柔らかさがあったけれど、今はアルウィムの骨や筋肉といった固さと力強さを感じて自分を抱いているのは人間なのだと強く自覚させられた。

「ムギ……」

「ひゃっ」

耳に息を吹きかけられて、変な声が出た。

アルウィムが小さく肩で笑いながら、そっと身体を離した。

「満足しましたよねっこれでしっぽくんとイーブンですから、もうこれっきりですからね」

照れを隠そうと怒っているふりをしても、アルウィムは小さく笑いながら口元を押さえるだけだった。

「ああ、いい抱き心地だ。また抱きしめさせてくれ」

「次はないです！」

首まで赤くして、麦はそばにあった枕を持ち上げて顔を隠した。

おかしい。美容師として、アルウィムの信頼を得たいとは思っていたけれど。距離感が近すぎる。

（なんで抱きしめられることになってんだよっ）

でも、本当におかしくなっているのは自分だ。

（領主サマに抱きしめられて嬉しいって思っちゃってる……）

異世界に来て、成果を焦《あせ》って自滅しそうになった麦に気付き、よそ者だとか美容師だとか肩書きはどうでもいい、麦は麦としてここにいればいいと、言ってくれた人だ。

（俺はこの人に好かれたいって、思ってる）

アルウィムはこの国の領主で、よそ者の麦とは身分も立場も違いすぎる。こんな感情を向けていいはずがない。

でも、アルウィムに惹《ひ》かれていく自分を止められない。

初めて抱く甘酸っぱい気持ちを持て余して、枕に顔を埋《うず》めてしまった。

「……ムギに聞いて欲しいことがある。誰にも言えなかったことだ」

「聞いて欲しいこと？」

するとアルウィムは指を鳴らした。

部屋のカーテンが閉まり、暗くなる。闇《やみ》の中に肖像画が浮かび上がった。

着飾った妙齢《みょうれい》の女性が描かれていた。

「彼女はカルムム・ヴァレーンス。私が十歳の時に亡くなった祖母だ」

「おばあさん……」

絵画の中の女性はアルウィムと同じ美しい銀髪だった。

「私は幼い頃に両親を亡くし、おばあさまに育てられた。ある時、仕事で忙しいおばあさまが、私をあの着替えの間に呼んでくれた」

アルウィムが再び指を鳴らすと、着替えの間にある大鏡が現れ光が当たった。まるでスポットライトのようだ。

その前に透き通ったイルくらいの小さな男の子がやってきて、麦はドキッとした。男の子が大鏡の前のチェアに座ると、絵画の中の女性がその横に現れ肩を抱く。

アルウィムの記憶の再現だとすぐに分かる。

幻《まぼろし》の彼らは生きているかのように佇《たたず》んでいる。まるで舞台を見ているようだった。

「同じ家に住んでいながら、当時私はおばあさまになかなか会わせてもらえなかった。だからおばあさまに呼ばれて浮かれていた」

にこにこしている小さな男の子の髪に、女性は櫛《くし》を通した。

「彼女は小さな私に、こう言った」

虚像の女性の口元が、アルウィムの声に合わせて動く。

『アルウィム。私の孫よ。髪を伸ばしなさい。決して切ってはダメ。髪を伸ばしていれば、どんなに孤独でもいつか貴方《あなた》に幸せが訪れる』

女性に両肩を摑《つか》まれた小さな男の子は、こくりと頷いた。

カーテンが開き光に照らされて影は消えた。

劇が終わり、現実へと戻される。

麦は隣のアルウィムを見た。

「……領主サマが髪を伸ばしているのは、おばあさんとの約束だから……？」

アルウィムは小さく頷く。

「祖母は魔術師であり崇高《すうこう》な予言者でもあった。幼い私は祖母の言葉を信じた」

麦を横目に、何を言われるのか待っていた。

「素敵《すてき》な思い出だね」

アルウィムが髪を伸ばしているのは、魔術師として魔力を宿すためだけではなかった。亡くなった祖母との約束だったのだ。

アルウィムと祖母の、家族の絆《きずな》の深さに暖かい気持ちになる。

麦は無意識に手を伸ばしアルウィムの髪に触れていた。

絹糸のような滑らかな感触が指の間を通り抜けていく。

「切らなくて、良かった……」

この美しい髪に麦が無理やりハサミを入れ、アルウィムと祖母の約束を断ち切ってしまう。そんな未来が存在したかもしれない。そうならなくて、本当に良かった。

ジェイドをはじめとした周囲の人達に髪を切れとあんなに言われているのに、アルウィムは拒《こば》んだ。祖母との約束を守るために。

アルウィムの行動原理はいつだって誰かのためだ。

そんなアルウィムのために、麦も何かをしてあげたいと思う。

「……っ」

アルウィムが唇を噛《か》み、項垂《うなだ》れた。

「領主サマ？」

感情が乱れたように見え、麦が不安そうに呼びかける。

「本当は何度も切ってしまおうと思った。切ればもう銀髪の怪物と言われることもない。私を信じることができずにいる領民たちも安心させられる。そのためなら、魔力の蓄積を放棄してもいいと思えた。その度《たび》におばあさまの言葉が私を縛《しば》り付けた。おばあさまの言いつけを破ったら、不幸が降りかかるのではないかと恐怖した。切りたい、切ってはいけない。その繰り返しに、もう疲れていたんだ」

皆が慕《した》う領主としてではない、アルウィムの人知れぬ苦悩。

亡くなった祖母との美しい約束は、いつしかアルウィムを苦しめるようになってしまった。

辛《つら》そうな表情に、麦は慰《なぐさ》めるようにもう一度アルウィムの銀髪に指を通した。

「憎らしくも愛おしいこの髪を麦はきれいだと言ってくれた。切りたくないと言ってくれた」

麦の手をアルウィムは髪ごと握った。

近い距離で視線が絡み合う。

「救われたんだ」

祖母との約束からアルウィムが髪を伸ばし続けてくれたから、麦はこの奇跡みたいな髪に触れることができた。

アルウィムに出会えた。

（美容師の俺がこの世界に呼ばれたのは、領主サマの、アルウィムの髪をきれいだって、言ってあげるためだったのかもしれない）

「うん。領主サマの髪は、世界中の誰よりもきれいだよ」

麦とアルウィムを引き寄せてくれた銀髪を、切ることはできない。切らないと麦は決めた。

「ムギ、ありがとう。もう私は迷わない。髪は切らない。他の方法で領民たちの信頼を得られるよう努力しよう。そのために、領主会談の成功のために、私にできることは全て取り組もう。だから君に私の髪をアレンジして欲しい」

「えっ……いいの？」

アルウィムは大きく頷いた。

「イルはムギの提案を受け入れ、コンプレックスを克服し自分の足で外の世界に踏み出した。私にはひどく眩《まぶ》しく見えた。同時にまだ殻に引きこもっている自分が心底恥ずかしくなった。イルが出来たことを主の私がやらないわけにはいかない、そうだろう？」

小さなイルの勇気が殻に閉じこもっていたアルウィムの背中を押していた。

（イルの頑張りで領主サマが変わろうとしている……！）

イルにもアルウィムの決意を今すぐ聞かせてあげたかった。

誰かの頑張りが、誰かを奮い立たせる力になる。

素敵な連鎖を目の当《ま》たりにして麦は腹の底から熱いものが湧きあがってきて瞳《ひとみ》を輝かせた。

「うん……そうだよ。領主サマなら、出来る。変われるよ。俺にやらせて」

お客様が変わりたいと望んだら、技術で応《こた》えてみせるのが美容師だ。

美容師として、はりきらないわけにはいかない。

やる気に満ちた麦が勢いよくベッドから降りようとすると、アルウィムがそっと支えてくれた。

「ありがとう、アルウィム。あ、ごめん、領主サマを呼び捨てにしちゃった」

「いいんだ。君にはアルウィムと、そう呼んで欲しい」

弾んだ声でアルウィムがそう言うと、静かだったしっぽが目覚め、すぐに麦の身体にすりつくように巻きついてきた。

「なぜだろう。君がいてくれれば、考えるだけで億劫《おっくう》だった領主会談も上手くいくと思える」

しっぽのしめつけが強くなる。感情が昂《たかぶ》りすぎてしっぽが制御できなくなっているようだった。

アルウィムの期待に応えたい。

巻きつく髪のしっぽを撫でながら、麦は自分の役目を全《まっと》うしてみせると誓《ちか》った。

◇◇

会談の日はあっという間にやって来た。

早朝、着替えの間の大鏡の前にアルウィムを座らせて、麦は櫛を手に取った。

鏡越しに目を合わせたことを合図に、髪に櫛を通していく。洗いあげたばかりの髪はすんなりと麦の櫛を受け入れた。

取りこぼしのないように何度も何度も櫛を入れてまとめ上げると、後ろの髪を束に分けて、大きな三つ編みにする。

こんなに太い三つ編みは編んだことがない。重量のある髪の束は持ち上げるだけで一苦労だった。見かねたライザたち使用人が手分けをして髪の束を持ってくれた。麦の指示を元にみんなで協力してゆっくりと上下にクロスさせ、編み込んでいく。

長い前髪は左右に分けて後ろへと流し、ねじり上げて二本の束を後ろでまとめた。

麦が髪をセットしている間に、ジェイドたちは主の衣装箱を搬入《はんにゅう》していた。

「……できた」

アルウィムは目を開け、長い睫毛《まつげ》が上を向いた。

「ど、どうかな」

スタイリングの前に、麦はアルウィムの髪をシャンプーした。長い髪を洗い、使用人たちと手分けして何度もタオルドライと扇《おうぎ》から送る風で乾かした。たいへんだったが、おかげで髪は指通りが良く、さらさらになっていた。

浮いてしまう生え際や、短い細かな髪はアルウィムがくれたミツロウで押さえた。

ぼさぼさで、どこまでも広がっていた長髪はひとつにまとまり、すっきりとした印象に変わった。前髪で覆《おお》われ隠れていた瞳や面長《おもなが》の輪郭《りんかく》、きめ細やかな白い肌に薄く上品な唇《くちびる》が鏡に映っている。銀色の髪は光を受けてきらきらしており、いつもより輝いて見えた。

大鏡には怪物ではなく、誰が見ても見惚《みと》れてしまう美青年が映っていた。

その仕上がりに、アレンジを施《ほどこ》した麦も驚いた。

髪を切らなくてもこんなに立派だ。切らなくて本当によかった。

男性の長髪はバランスが難しいが、彫《ほ》りが深く小顔で細い髪質のアルウィムにはよく似合う。アルウィムの素材の良さを思い知らされた。

ここが東京だったら、麦はスマホをアルウィムに向けて何十枚も写真を撮っていただろう。髪をまとめたアルウィムはフォトジェニックでその姿を永遠に留《とど》めておきたいと思わせる。

「ああ……慣れない、な。やはり人に顔を見られたくは、ない」

アルウィムは左右に頭を動かし、鏡に映った自分を見て複雑そうだった。子供のイルとは違い大人のアルウィムは、素直に変化を受け止められないのかもしれない。

「すっごい格好いい。見違えたよ」

麦が上擦《うわず》った声で褒《ほ》めると、使用人たちも次々に賛同の声を上げた。

「ああ、ありがとう……」

アルウィムは照れながら振り返り麦と顔を合わせた。

「ね、アルウィム。今、俺のこと見えてる？」

真正面で顔を合わせているというのに、麦は唐突に質問をした。

「ああ……目を合わせているだろう？」

不思議そうにアルウィムが見詰め返すと、麦は破顔した。

「えへへ。ずっと、前髪越しじゃなくて、アルウィムの目を見たいって思ってたから」

麦が初めて領主の館に来た日。ジェイドに騙《だま》されて放り込まれた領主の部屋のベッドの上で、麦はアルウィムの瞳を前髪の簾《すだれ》越しに見た。

あの日からずっと、美しい瞳が隠れているのはもったいないと思っていたのだ。

「アルウィムと目が合わせられて嬉しい」

「なっ……」

頬に朱《あか》が差し、咄嗟にアルウィムは左手で顔を隠し、麦の視線を遮《さえぎ》った。

「君はそうやって、恥ずかしいことをいともたやすく口にする……」

抗議めいたぼやきは声が裏返り、ところどころ掠《かす》れていた。

「きっとアルウィムと目を合わせたら、みんなアルウィムのこと好きになるよ！」

もう誰もアルウィムを怪物だなんて言わない。言わせない。

「……別に誰も彼もに好かれたいわけじゃない」

「もーそんなこと言わないでよ」

ひねくれたことを言うアルウィムを麦は小突いた。

その手を逆に摑まえられてしまう。

「好かれるのは、ただ一人でいい。ムギは私と目が合った方がいいんだな」

水晶のように透明な瞳に至近距離で見詰められて、麦は緊張した。

「う、うん」

「ならば、これでいい」

硬質な瞳がふっと柔らかな色を湛《たた》える。

アルウィムの甘やかな表情と言葉に麦の心臓は鼓動を速め、身体中が熱くなった。

「失礼。ムギの仕事は終わりましたか」

扉が開くと、ジェイドが部屋へ入って来た。

「アイビス代表一行が街の東門に着かれました。もうすぐこちらへとお越しになります」

「ああ、私が迎えよう」

使用人たちが持ってきた衣装をクローゼットにかけて並べる。アルウィムはその中の一着を選んだ。

その一着に合う靴や装飾品をライザたちが手早く用意する。

大鏡の前に立ったアルウィムが正装に着替えはじめ、麦はやや離れ自分の道具を片づけた。

「ムギ」

合間を縫ってジェイドが小声で話しかけて来た。

「アルウィム様の顔を見たのは、数年ぶりです」

「格好よくなったでしょう？」

「ええ……我が主はやはり美しく逞《たくま》しい。髪を切らなくても、誰に見せても恥ずかしくありません。ムギのおかげです。ありがとうございます」

ジェイドは感激しているのか声を震わせていた。その姿を見て麦は美容師としてヴァレーンスに来られて心から良かったと思えた。

ジェイドの熱意が、イルの勇気が心を閉ざしていたアルウィムを変えたのだ。

麦は手伝いをしただけ。変わりたいと思う人を美容師は全力で後押しする。

髪を他人に切ってもらう風習のないヴァレーンスに来て、美容師の自分は必要とされていないと感じることも多かったけれど、諦《あきら》めずに続けて来て良かった。

美容師としてアルウィムの役に立てて、良かった。

大きな達成感を胸に麦は笑顔になった。

着替えを終えたアルウィムは細やかな刺繡《ししゅう》の入ったジャケットにパンツとブーツ姿だった。やはり胸にはドラゴンの紋が入った記章をつけている。

いつものゆったりしたローブ姿とは打って変わって、アルウィムの男性らしい逞しい胸板や腰つきといった身体のラインがはっきりと分かる。

麦が結った銀髪が軽やかに揺れる。

麗《うるわ》しく上品な佇まいにその場にいた者たちは見惚れ、我が主を誇った。

使用人たちが扉を開けて主を誘導する。館の外がにわかに騒がしくなってきていた。

「ムギ」

仕事を終えて大人しく壁際でアルウィムを見送ろうとしていた麦を、髪も服装も見違えた領主は呼び寄せた。

白い手袋を着けずに持ったままだったアルウィムが、麦へ手を差し出した。

「手を、握ってくれ」

「……え、でも」

躊躇《ちゅうちょ》すると、アルウィムが強引に手を握って来た。

麦の手は職業柄、水と薬剤でささくれ立ちひび割れている。人が触ってもあまりいい気分になれる肌ではない。だから麦は咄嗟に手を引っ込めようとしたが、アルウィムは離してくれなかった。

「……公《おおやけ》の場に顔を出すのは数年ぶりなんだ」

小さな声で呟《つぶや》いた。

立派な姿に見違えたことで忘れていたが、アルウィムは引きこもりだったのだ。

他人を避《さ》けてきたアルウィムがこれから向かうのは、ヴァレーンス領とアイビスの未来がかかった会談の場。

引きこもりでなくたって、背負った重責に押し潰《つぶ》されそうになるだろう。

大きなアルウィムの手は緊張からか冷たくなっていた。

麦は荒れた自分の手のことも忘れ、その手をぎゅっと握り返した。

「大丈夫。アルウィムは皆の自慢の領主サマだよ。もう誰も怪物だなんて言わない。きっと上手くいく」

麦の屈託のない励ましが、アルウィムの心に届いた。

ジェイドをはじめとした使用人たちも、麦の言葉に笑みを浮かべ小さく頷く。

「……ああ！」

扉の外が騒がしくなっていく。アルウィムは行かなくてはならない。

アイビスの人達の前に、ヴァレーンスの民の前に、その姿をお披露目《ひろめ》しなくてはならない。

けれど、麦と向き合ったまま、アルウィムは動かなかった。

周りの皆に指摘されるかと思ったけれど、誰も何も言わず、麦とアルウィムを見守っていた。

皆に気を遣わせてしまっているのだから、早くアルウィムを見送ろうと思うのに、麦からは言い出せなかった。

アルウィムの右手が麦の頬をそっと撫でた。耳の上の髪を梳《と》かすようになぞる。

麦はゆっくりと瞬《まばた》きをし、唇を薄く開いた。

長い前髪のなくなったアルウィムに顔を覗き込まれると、このままずっと見つめ合っていたいと思ってしまった。

「……全てが終わったら、ムギに伝えたいことがある。待っていてくれるか」

「うん……」

まるで愛の告白の予告だ。

麦が頷くのを確認したアルウィムは顔を上げ、晴れ晴れとした表情で一歩を踏み出した。

その場にいた使用人たちは左右一列に並び、頭を下げ主が目の前を横切るのを待った。

眩しい光の中へ、アルウィムの背中が消えていくのを麦は厳《おごそ》かな気持ちで見守っていた。


馬車を引き黒いワンピースの民族衣装を着たアイビス代表一行を出迎えると、両国の友好を象徴して館のバルコニーから領主と代表の二人が姿を現し、民衆の前に姿を見せる式典が開かれた。

歴史的な瞬間を一目見ようと街中から人々が押し寄せていた。

アルウィムとアイビス代表が姿を見せると民衆に手を振り、友好の証《あかし》として握手を交わした。

拍手が巻き起こり「アルウィム様、万歳！」と歓声が上がった。

ほとんどのヴァレーンスの民は初めて領主の顔を見たのだ。怪物を思い描いていた民たちは麦がスタイリングをした三つ編みを揺らす若く精悍《せいかん》なアルウィムの姿に感極まっていた。立派な主導者の姿はヴァレーンスの明るい未来を想像させた。

麦はイルと共に式典の様子を使用人宿舎から眺《なが》めていた。正装のアルウィムに比べ、黒い民族衣装を着て静かに佇む初老のアイビス代表に違和感を覚えた。

（あれが、アイビス代表……？）

初めて見るはずなのに、なぜかしっくりこなくて腹の底がざらついた。

館の使用人たちが忙《せわ》しなく働き始めたのは式典の後だった。会談が終われば大広間で立食パーティーが行われるのだ。

麦は一番忙しい厨房に駆り出され、一品料理の盛り付けを手伝っていた。

会談中はアルウィムに近付くことはできない。アルウィムが疲れていないか、髪が崩れていないか心配しながらも、麦は今自分に出来ることを精一杯頑張った。

全てが終わったら、アルウィムに会える。早く会いたい。

アルウィムの伝えたいことって、何だろう。本当に告白だとしたら。

都合の良い妄想《もうそう》ばかりして、顔が歪み、仕事に精が出る。

「ムギ。パーティーを前にあなたに髪を切って欲しいというアイビスの方がいるのですが」

盛り付けた皿から顔を上げると、ジェイドが呼んでいた。

「え？　アイビスの人？」

「はい。あなたと知り合いだと仰《おっしゃ》っていましたが……心当たりはないですか。お断りしましょうか」

「いいえ、やります。着替えの間にお通ししてください」

エプロンを外しながら、麦はジェイドに頼んだ。

まさか領主会談の真っ最中に声がかかるとは思わなかったが、仕事を頼まれれば受け入れたい。アイビス人の知り合いはいないはずだが、宿屋の居候《いそうろう》をしていた時は色んな土地からやってくる人達と出会った。麦が覚えていないだけで、その時に接点があった人かもしれない。

急いで着替えの間へ入る。扉が開くと同時に、四つの目が麦を見た。

待合いのソファに母親が、大鏡の前のチェアにはイルより二、三歳年上の小さな女の子が座って麦を待っていた。その服装は街でよく見る普段着で、パーティーに来た貴族の令嬢《れいじょう》には見えなかった。

（っ、おんな、のこ……）

心臓に痛みが走った気がした。また、子供を怖がる症状が出た。

ストリートカットでの失敗を繰り返してはいけない。せっかく麦を訪ねて来てくれた人に嫌な顔を見せてはダメだ。麦は無理やり笑顔を作った。

「まあ、ムギさん」

「お待たせしました」

母親は立ち上がってお辞儀をした。

「お久しぶりです。この子のこと、覚えていますよね」

「え……」

母親は女の子を指差す。

女の子がじっと、瞬きもせずに麦を見ていた。まるで爬虫類《はちゅうるい》のようで麦はたじろいだ。

「路上でこの子の髪を切ってもらったじゃないですか。この子ったらムギさんにまた髪を切ってもらうってきかなくて」

「ああ、そう、そうでしたね。また来てくれてありがとう」

ストリートカットをしていた時のお客様だったのか。確かに見覚えがある、気がする。

見覚えがあるのだ。しかし、何かがおかしい。落ち着かない。彼女らの、名前は何だった？　前回のカットはどんな風にした？

思い出そうとするほどに、頭の中がどろどろする。

どんな髪型にしたいのか。カットの要望を聞き出す間も、母親の笑顔は貼《は》り付けられたようにぎこちない。

やけに心臓の音がうるさかった。

麦は仕事をしようとカットシザーを構える。鏡越しに、女の子の顔を見る。目が合うと、女の子はうっすらと笑みを湛えた。

「ニシハラムギ。まだアルウィム・ヴァレーンスの髪を切っていないのか」

子供とは思えぬ冷酷な表情だった。

「あ」

激しい頭痛に襲われ、麦は膝《ひざ》を床につけた。

次の瞬間、麦の目の前が真っ赤な鮮血で染まり、鍋が煮立つ音に聴覚は占領された。

◇■◆◇□◆

鍋はずっと火にかけられている。

「ふん。ようやく使えそうなのが来たか」

血液の入った鍋の中から麦は引き上げられ、咽《む》せていた。液体は肺に入り込み、激痛に襲われる。

自分の身に何が起こったのか、考えている余裕はなかった。

へたり込んだ床は、真っ赤だった。ひどい血の匂いがする。

鍋の周りには元は人間であったであろう、腕や足、臓器が散乱していた。

——殺される。

瞬時に麦は自らの末路《まつろ》を悟った。

頭上から降ってくる声の主《ぬし》は、小さな女の子だった。

見た目は確かに幼い少女であったが、纏った気配は禍々《まがまが》しく、到底《とうてい》子供とは思えなかった。美しい黒髪に反して、その瞳は憎悪《ぞうお》に満ちていた。

積み上げた髑髏《どくろ》を椅子にして座っている。それもまたかつて生きていた人間のものだろう。

鍋が沸騰している水音が、絶え間なく響いている。

少女の向こうにはローブをまとった女性が磔《はりつけ》になっていた。女性の手足や身体には無数の銀色の糸が巻きつき、血が滲《にじ》むほど食い込んでいた。痛々しくて見ていられなかった。

今なら分かる。

あれは糸ではなかった。髪の毛だ。無数の銀色の髪が女性の身動きを封じていたのだ。

魔女が二度と動き出さぬよう。

自由を奪われた魔女は血を流し続けていた。その状態で生きている。自分をこんな姿にした人物への恨みが彼女を生かしていた。

麦にはどういう原理なのか分からないが、少女は女性の分身のようだった。少女と女性は年齢が離れているが、親兄弟というには顔立ちがあまりにも似すぎていた。瓜二つ《うりふた》というより、全く同じ気配と匂いがしたのだ。

「召喚《しょうかん》に応じたとて、使えない者は殺す」

反論を受け入れない、高圧的な物言いに、背筋《せすじ》が凍った。

脅《おど》しではない。逆らえば本当に殺される。

「殺されたくなければ、私の言うことを聞くのだ。異世界人」

■◇◆■□◇

ぶつりと、映像が途切れる。

「はあっ、はあっ、はあっ」

止まっていた呼吸が急に再開する。急いで酸素を取り込もうと肺が膨《ふく》らんでは萎《しぼ》む。大量の汗をかいていた。汗が目に入って痛い。

思い出した。いや、封印されていた記憶を無理矢理掘り起こされたのだ。

今見た過去の映像は、麦がこの世界に召喚された時のものだ。

そして、目の前にいる少女は銀色の髪によって封印されているはずの北の魔女の分身——

「全く、髪を切るだけだというのに。これだから異世界人は使えない」

麦をこの世界に、ヴァレーンスに召喚した張本人だった。

召喚された麦は彼女に使役《しえき》されていた。与えられた使命を達成するまでは解除されることのない契約だった。

いつの間にか、母親は消えていた。少女の作り出した幻影《げんえい》だったのだろう。

身体が動かない。

心臓の音がうるさい。落ち着けと呪文のように繰り返す。

麦は唯一動く目を駆使して、必死に周囲の状況と情報を集めようとした。

「我も本当は異世界人を使いたくないのじゃ。傀儡《くぐつ》のアイビスの民と違い、異世界人は扱いにくいからのう。お前も我の魔力範囲外だからと生意気に『髪を切る』命令を拒否しておったな。じゃがヴァレーンスの小僧はなかなか警戒心が強い。我の直属の手下では館に潜《もぐ》り込ませることも困難であった。小僧の目をかいくぐれるのはこの世界の摂理《せつり》から外れた存在、異世界人である必要があった」

少女は椅子から降りると、麦の前髪を乱暴に摑んだ。

痛みに顔が引き攣《つ》った。

「まあいい。無能なヴァレーンス領主が開いた会談のおかげでここまで侵入できた。髪は切っていなくとも、お前は館に潜入し小僧の信頼を得たようじゃしな」

少女は黒色の髪を広げ、くくく、と笑った。

麦は青ざめた。彼女は人の心を有していない。自らが召喚した異世界人を気に食わなければ容赦《ようしゃ》なく殺す。復讐心《ふくしゅうしん》に満ちた彼女を止めなくては、この館が、アルウィムたちが大変なことになる。

けれども、身体が全く動かない。麦の身体は完全に主導権を奪われていた。

「我を封印している髪の呪縛《じゅばく》を断ち切らねば、本体は動けない。さあ、ニシハラムギ、貴様の使命を果たせ」

少女は姿を消したが、麦の身体の主導権は奪われたままだった。

麦はふらつきながらも、着替えの間を出た。

「ハアッ……ハアッ……」

何もかも、思い出した。

麦はヴァレーンスの神話に登場する北の魔女に、この世界に召喚された。与えられた使命はアルウィムの髪を切ること。

魔女は先の戦争時にアルウィムの祖母カルムムによって倒された。カルムムは魔力を蓄《たくわ》えたその銀髪を全て使い、封印を成功させたのだ。後世にわたって封印が解かれぬように、孫のアルウィムの髪を鍵とした。

だから魔女はアルウィムの髪を切りたがっている。

(アルウィムの髪が切られてしまったら、魔女が復活してしまう……!)

復讐心に燃える魔女は、アルウィムとヴァレーンスを滅《ほろ》ぼそうとしている。

阻止《そし》しなくてはと思うのに、身体は勝手に歩き出している。

ワルツが聞こえてきた。パーティー会場で演奏されているのだ。

麦の身体は迷うことなく音楽の奏でられている部屋へと踏み込んでいた。

会場では立食パーティーが始まっていた。招待されたヴァレーンスの貴族や黒い民族衣装を着たアイビスの民たちがグラスを片手に歓談をしていた。

「うわっ」

麦は会場にいる人達に何度もぶつかり、怪訝《けげん》な顔をされながらも振り返らずに足を進める。

汗が大量に出ていた。

(——アルウィム!)

三つ編みの正装姿のアルウィムは、会場の一番奥で多くの人々に囲まれながら談笑をしていた。

アルウィムの姿が近付いてくる。呼吸が速くなる。

震えた手が、ウエストポーチに入れられたカットシザーを握った。

「……ムギ？」

麦の姿に気が付くと、アルウィムは驚いた顔をしたがすぐに柔らかく笑った。

（アルウィム、にげてっ）

警告しなければいけないのに、声が出ない。身体が思うように動かない。

麦がスタイリングした三つ編みの髪が揺れると、初めてアルウィムの髪を見た時に感じた、切りたいという欲望が膨れ上がった。

（切りたい！　切りたい……ダメだ、ダメだ、ダメだ！　言いなりになるな！）

握ったカットシザーの刃が開閉し、カタカタと音を立てた。

身体のコントロールを取り戻そうと、死に物狂いで脳から全身へ命令を送る。

青白い顔をした麦にアルウィムが近付こうとする。

「ムギ？　どうし――」

アルウィムが屈《かが》んだ瞬間、麦の意思に反して身体が動く。

麦のカットシザーを持った右手が、銀色の髪を切り裂いていた――

何が起きたのか分からないと目を見開いたアルウィムと、カットシザーを振りかざした麦の間に三つ編みは壊され切られた髪がはらはらと、儚《はかな》く散っていった。

「ああっ……あああっ！」

切ってしまった。

アルウィムが苦しみながらも大事に伸ばしていた。家族との約束が秘められていた。

麦とアルウィムを引き合わせてくれた銀色の、世界一美しい髪を断ち切ってしまった——

アルウィムから分離した髪は、無残に絨毯の上に落ちていった。

(しっぽくんっ……)

もう子犬のように動いて、麦にじゃれついてくれることもない。

(俺が、俺が殺した)

「よくやった」

耳元で舐《な》めるような少女の声がし、あんなに動かなかった身体が元に戻った。

与えられていた使命を全うしたことで、少女との契約が終了し解放されたのだ。

アルウィムの髪を切るという、使命。

麦の手からシザーが滑り落ちる。

「あああ……っ、俺の、俺のせいでっ！」

麦の慟哭《どうこく》が響き渡る。

アルウィムは自分の身に何が起きたのか理解できず呆然《ぼうぜん》と長さがバラバラになった自分の髪に指を通した。

すると、パーティー会場にいた黒い民族衣装のアイビスの民たちが、一箇所に集まり始めた。

表情をなくしたアイビスの民たちが突如現れた黒い穴へ飲み込まれていく。

「っ、退避！」

正気を取り戻したアルウィムが叫ぶと、パーティー会場にいたヴァレーンスの人々は悲鳴を上げながら逃げ出した。

「ムギ！」

膝を突いた麦をアルウィムが抱え、黒い大穴から距離をとった。

ぬっと、黒い穴から女性の腕が現れ、頭が乗り出してきた。

黒く長い髪にくぼんだ両目、三日月のように吊《つ》り上がった口からは牙《きば》が生えている。

「……北の魔女」

復活を遂げた魔女の完全体であった。

「なんだって……！」

麦の口から告げられた化け物の正体にアルウィムが驚きの声を上げる。

魔女は火の息を吐き出し、パーティー会場は火の海に包まれた。

優雅なワルツの音楽は人々が逃げ惑う悲鳴に変わった。

両国の平和を祝した会場は地獄と化した。

天井が崩れ、魔女は瓦礫《がれき》となった館をトカゲのように這《は》って上の階へと移動していった。

「アルウィム様！　こちらへ早く！」

「ムギ！　いきてるの！」

「ジェイド、イル！」

アルウィムは床に転がったカットシザーを拾い上げ、放心した麦を抱き上げると、火の手の届かない廊下へと向かった。

「パーティー会場にいた人達はどうなった」

館のあちこちから、混乱と恐怖に逃げ惑う人々の声がこだましていた。

「使用人たちに避難誘導を命じましたが、どうやら外に結界が張られ館の敷地から出られないようです」

「人質にするつもりか」

多くの民を巻き込んでしまったことを苦々しく思い、歯を食いしばる。

ジェイドとイルが魔女を警戒してくれている中、アルウィムは麦を降ろし、色を失った頬を優しく叩《たた》いた。

「しっかりするんだムギ」

目の焦点が合うと麦は咄嗟にアルウィムを突き飛ばしていた。

「っ！」

アルウィムの腕の中から逃げ出した。

「ムギ！」

麦を呼ぶ悲鳴のような声がその場にいた全員から上がった。

イルは麦の元へ駆け寄ろうとしてジェイドに抱きかかえられていた。

「アルウィム……ごめん、なさいっ、俺が、髪を……」

大事な髪を、この手で切ってしまった。

ぼろぼろと大粒の涙が麦の瞳から零《こぼ》れた。

アルウィムの魔力の詰まった髪を、封印の鍵であった髪を、魔女は切り落とし復活しようとしていた。使役されていた麦は分かっていたのに、止められなかった。

この事態を招いたのは、麦だ。

これ以上、自分のせいでヴァレーンスの皆を危機に晒《さら》したくはない。アルウィムに迷惑をかけたくない。

「ムギのせいじゃない」

アルウィムが首を振り、麦の結った三つ編みは跡形もなく崩れ、長さがまばらになった髪が左右に揺れた。

「私の髪を切ったのは君の意思じゃない。あれに操《あやつ》られていたのだろう？」

麦が切ってしまったことは事実なのに、麦のせいではないと言ってくれるアルウィムの優しさが心臓を抉《えぐ》る。

お前のせいだと罵倒《ばとう》された方が、楽だったかもしれない。

自分を許せなかった。

「……俺、は……魔女にアルウィムの髪を切る契約をさせられた。記憶を封印されててさっきまで、忘れてたけど……」

強引に使役契約をさせられ、血の海を目の当たりにしてすっかり怯《おび》えてしまった麦では使命を全うできないと魔女は考えたのだろう。魔女は麦の記憶を封印した。記憶がなくても、契約は残る。麦はアルウィムに近づくための行動――美容師として街で話題になる活動をし始めた。麦の活動はジェイドの耳に入り、アルウィムに出会った。

アルウィムに自然と近付くためとはいえ、ずいぶんと回りくどい方法だ。しかしだからこそ、アルウィムの警戒網をかいくぐって疑われることなく麦は館に侵入できた。

全ては魔女の思惑《おもわく》通り。

「すべてはあの魔女の計画だろう？　ムギのせいじゃない」

「でもっ！　俺は……」

ヴァレーンスの地に来た日から、自分はおかしかった。東京に帰る方法を探しもせず、成功する保証もないのにこの世界に存在しない職業、美容師としての活動にこだわった。

小さな子供を見る度に怯えていた。

鍋の前に立てば、無意識に召喚された時のことを脳が思い出し失神していた。

ずっとずっと、よそ者である自分に違和感があった。

違和感に気付いた時にアルウィムの前から立ち去るべきだった。それなのにアルウィムに出会えたことが、彼の役に立つことが自分の運命だと無様《ぶざま》にも思い込んで、ここにいられることにしがみついてしまった。

「ムギが自分を責めるのは、私たちのことを想《おも》って、だろう」

「……っ、俺は最初から敵だったんだよ。アルウィムたちのこと騙してた」

アルウィムはゆっくりと、麦に向かって一歩を踏み出す。

「私たちは誰もムギに騙されたなんて思っていない」

ジェイドとイルも、深く頷いていた。

「ムギのおかげでイルは学校に行けるようになった。私は領主として人前に出ようと決心がついた。たとえそれが魔女の差し金だったとしても、ムギが私たちにしてくれたことは何一つ変わらない。私たちは、私たちの知っているムギを信じている」

アルウィムは全身の力を抜き、無防備な姿で麦へと一歩一歩近づいた。

麦が後退《あとずさ》りし、ひびの入った床に躓《つまず》きバランスを崩すと、咄嗟にアルウィムが手を伸ばし掴まえてくれたおかげで転倒することはなかった。

けれど、抱きかかえられそうなほどの距離になり、麦はこの期《ご》に及んでどぎまぎしてしまう自分を恥じた。

震える麦の手をアルウィムがそっと握り込む。

「ムギ、己《おのれ》を責めなくていい。そんな暇があるなら、私のことだけ考えていろ。君が何者でも、私のそばにいればいいんだ」

アルウィムの手が頬に添えられる。温かい。

涙が、ぽろぽろと止めどなく溢《あふ》れていく。

皆を騙していた、大事な髪を切ってしまった自分が、優しくされていいはずがないのに突き放すことができない。

アルウィムは麦の背に腕を回して、力強く抱きしめた。揺れる心まで全てを包み込むような抱擁《ほうよう》だった。

その優しさに頑《かたく》なであった麦の自責の念が溶かされていく。

「……アルウィムのそばにいたい」

「ああ」

「ヴァレーンスの皆を助けたい……」

脅威《きょうい》を招いてしまったのは麦だ。自分のしたことは許すことができない。けれど、皆が許してくれるというのなら、まだ自分にできることがあるなら、皆のことを守りたかった。

アルウィムたちが暮らすヴァレーンスの平和を壊したくない。

「ありがとう……君の力を貸してくれ」

アルウィムは混乱の中拾い上げた麦の大事なカットシザーを、握らせてくれた。

「うえっ、ムギぃぃぃぃぃ」

我慢《がまん》できなくなりジェイドを振り払ったイルが、二人の足に抱きついて泣きじゃくった。

「イル……不安にさせてごめん」

お団子頭を撫でると、イルはますますしわくちゃな顔になった。

「アルウィム様、魔女が！」

ジェイドが叫ぶと、全員が穴の空いた天井から空を見上げた。

魔女は西の塔によじ登り、火を吹き続けている。

その姿からは自分を封印したヴァレーンスへの深い憎しみが感じられた。

「北の魔女。神話の中の存在だと思っていたが、実在したのか」

「アルウィムのおばあさんは、あれを封印するために戦争をしていたんだよ」

「なんだって」

アルウィムとジェイドが驚いて麦を見た。

「では、カルムム様はおかしくなったわけではなかった」

麦は大きく頷いた。二人ともカルムムは自国を戦火へと導いた愚鈍領主だと思わされている。それは間違いなのだと、麦は伝えたかった。

「そんな、どうして誰もおばあさまを信じることができなかったんだ」

領民に誤解されたまま死んでいった祖母のことを思い出し、アルウィムは悔しそうに唇を噛んだ。

「おばあさんは……魔術師と魔女の戦いに、誰も巻き込みたくなかったんじゃないかな。でもアルウィムのことは信じていたんだよ。髪を伸ばせって、封印をアルウィムに託したんだ」

銀髪の怪物は、けして怪物なんかじゃなかった。

最後の時までヴァレーンスという国を愛し、守っていた。

「おばあさま……」

魔女は両手を広げ、魔法弾を生み出すと、東の塔へ向かって発射した。

魔法弾が直撃し、塔は噛みちぎられたように穴が空き、バランスを崩した上部が地面へと落ちていった。

その様を、爆風に耐えながらただ見ているだけしかできない。

大きな揺れに建物の崩壊を危惧《きぐ》し、四人は中庭へと脱出した。

人々は我先にと敷地外へ逃げようとし、館に巡らされた結界に阻《はば》まれ「出してくれ」と叫んでいた。

逃げ惑う人々を見て、魔女はケラケラと身体を揺らしながら笑っている。

「……あれを倒そう」

カルムムの意志を継いで、ヴァレーンスの民を守るために。

皆の気持ちはひとつだった。

けれども楽観できる状況ではない。

「勝てますか」

ジェイドの問いにアルウィムは首を振った。

「魔力では負けている。私はおばあさまと違って魔術戦争の経験もない」

圧倒的に不利な戦いだ。

全員が何か方法はないかと考えを巡らせ、無言の時が流れた。

麦は西の塔に巻きついている魔女を見上げた。

巨大な女性の姿となった彼女の長い黒髪が、風に揺れている。

魔女は、麦にアルウィムの髪を切れと命じた。魔術師の髪には魔力が宿る。魔女を封印するほどの強大な力がある。

「……髪を切る」

麦の呟きに三人は顔を合わせる。

「そうか！　魔力は髪に宿る。髪を切ればあの魔女も力を失うはずだ」

「でも、どうやって？」

塔に絡みつき火を吐く魔女に近づき、髪を切ることができるのか。

再び口を閉ざす皆を前に、麦は腰から下げたカットシザーの入ったウエストポーチに手を当てる。

美容師の麦はアルウィムの髪を切るために、この世界に召喚された。

違う。そんなはずはないのだ。その事実を自ら塗り替える時なのだ。

麦は再び、カットシザーの輪に指を通した。

「俺が、彼女の髪を切る」

（復活した魔女の髪を切るために、ヴァレーンスを守るために俺はここにいるんだ）

髪を切ることが、美容師の仕事だ。

「ムギ!? 危険すぎる。君はまた魔女に操られてしまう可能性だって捨てきれない」

「俺にやらせて。皆を守りたいんだ」

この使命を全うしなければ、麦はヴァレーンスを窮地《きゅうち》に追いやった罪人だ。もうここには、ヴァレーンスにはいられない。

アルウィムのそばにいられなくなる。

これからも胸を張って、アルウィムのそばにいたい。

曇《くも》りのない眼が、アルウィムを真っ直《す》ぐに見据えた。

落ち着いた息遣いに、麦が自棄《やけ》になっているわけではないと分かる。

その誠実な眼差《まなざ》しを受け止め、アルウィムはゆっくり息を吐き出した。

「……分かった。ムギを信じる」

アルウィムはカットシザーを持った麦の手を強く握った。

心細い時は手を握る。

会談へ赴《おもむ》くアルウィムの冷たくなった手を握ったことを思い出す。麦とアルウィムが、お互いを励ますために交わしたおまじないのようなものだった。

触れた体温が勇気をくれる。ひとりじゃないと、感じられる。

麦もまた、アルウィムの手を握り返した。

この手を失いたくない。

きっとアルウィムとなら、この危機を乗り越えられる。

二人は視線を合わせ、麦は小さく頷いて見せた。

「ムギを魔女の元に運ぶのは、イル、お前に任せる」

「うん！　まかせて」

イルは呼ばれるとぴょこんとジャンプし、三人から離れて、芝生の広場へ走った。

結んでいたお団子頭を解くと髪が風に流れた。

「せっかくムギがむすんでくれたのにごめんなの。でもイルがんばるから」

現れた未発達の角が光り輝き、身体が大きく膨張していく。

「イル!?」

頭には立派な角、鱗《うろこ》の皮膚、翼の生えた背、鋭《するど》い爪。

その姿はおとぎ話の世界に出てくる、強くて勇ましい生物そのものだった。

「イルは……ドラゴンの子だったの!?」

あっけにとられている麦の前で、イルは大きな身体を縮め伏せをして、返事をするかのように口を開閉した。

「イルは私の眷属《けんぞく》。その昔、開拓時代にこの一帯で暴れていたドラゴンがいた。一匹のドラゴンは魔術師に倒され、この地の守り神となることでその罪を許された。ドラゴンを倒した魔術師が、初代ヴァレーンス領主であり私の祖先。そして守り神であるドラゴンの子孫が、イルだ」

『ムギ、ぼくのせなかにのって』

躊躇している暇はない。麦は思い切ってイルの鱗の背中によじ登った。

「私が魔女を引き付ける！　イル、ムギを頼んだぞ」

「皆さんお気を付けて！」

『うん。ムギ、とってもとってもはやくとぶよ。つかまってて！』

翼を羽ばたかせ、イルは垂直に上昇した。瞬く間に雲の中へ入っていく。

その気配を感じ取り、魔女は上空を見上げた。

「北の魔女！　お前を封印したヴァレーンス領主はここだ！」

魔女がイルを追わぬよう、気を引こうとアルウィムは庭の真ん中へと躍《おど》り出た。

建物から離れ庭に避難していた民たちが、領主と魔女の対面に注目していた。

塔の上にいる魔女と視線を合わせた。

魔女の髪が生き物のように四方八方に広がっていた。

対してアルウィムの長さがバラバラの髪は所在なげに風に流されている。

魔女は魔法弾を作り始める。

アルウィムは魔力を集中させた足で地面を蹴《け》り、魔女に向かって走った。放たれた魔法弾の雨を避けながら全力で駆ける。

魔法弾を弾《はじ》くと、周囲に落ち、東屋《あずまや》や花壇が粉々になった。庭にいた人々が恐怖の悲鳴を上げた。

より強力な魔法弾が放たれ、人々に当たらぬようアルウィムは、それを自分の身で受け止めた。

「ぐあっ」

痛みが走り、服が破れた。

よろけたアルウィムを魔女は巨大な手で摑んだ。

とどめを刺そうと、魔女が魔力を集中させる。興奮しているのか、黒髪が浮き上がりさらに広がった。

「……今だッ！」

上空で時を待っていたイルが急降下して来る。

イルの特攻に気付き、咄嗟に魔女は魔法弾を上空へ放った。それはドラゴンの腹に当たり、イルは悲痛な叫び声を上げる。足止めを受けて降下速度が遅くなってしまう。

「くっ」

麦はもがいているイルに必死にしがみついていたが、アルウィムと魔女を視認すると、覚悟を決めてイルの背中から飛び降りた。

落下していく中、風圧を感じながらシザーを構え、その切っ先に集中する。

魔女が気付き振り向こうとした時には、麦の振り上げたシザーが、その髪を断ち切っていた。

（……やった！）

麦と切られた黒髪が地面へと落下していく。

髪を、力を失った魔女の身体が光り、縮んでいく。

掴んでいたアルウィムの身体を離そうとした手を逆に掴み返し、アルウィムは魔女の腹へと魔力を集中させる。

魔法弾とともに、魔女を突き放した。

魔女の悲鳴が響く中、その身体は空へと上がった。魔女が弱体化し黒い穴が現れ、アルウィムは最後の力を振り絞ってその穴の中へ魔女を押し込んだ。

再封印したのだ。

「ムギ！」

魔女の消失を確認せずに、アルウィムは落下していく麦を追いかけた。

二人は空中で視線を交わし、腕を懸命に伸ばし互いを求めた。

空中で麦は抱きしめられたが、アルウィムは魔力を使い果たし受け身をとることができなかった。

地に激突する衝撃を覚悟しアルウィムの腕の中で目を瞑《つむ》った。

しかし、二人の身体は地面には落ちず、ボフッと柔らかな音を立ててマットレスに吸い込まれた。

ジェイドと使用人たちが、マットレスを館の中から運び出し、落ちてくる麦とアルウィムを待ち受けていたのだ。

彼らはマットレスの上に乗り上げ、二人を覗き込んだ。

麦は何が起きたのか理解できず、身体を硬直させたまま、瞬きを繰り返した。

「間に合いました！」

ジェイドが聞いたこともない大声を出した。

アルウィムと麦が無事だと分かると、歓声が上がった。

魔女の結界が解けたというのに、民たちは街へ帰るでもなく壊された庭へと皆戻って来た。

帽子やバッグといった持ち物が次々に空に投げられる。

館の窓からはライザと使用人たちが身を乗り出して手を振っていた。

――アルウィム様！　ヴァレーンス万歳！

拍手と歓声に包まれて、ようやく麦は皆を守ることができたのだと実感した。

「ムギ、よくやってくれた」

安堵《あんど》の表情のアルウィムに手を引かれ、身体を起こすとそのままぎゅっと抱きしめられた。

「皆のおかげだよ」

目頭が熱い。

ジェイドやイルの協力があったから、ヴァレーンスの領民たちが現領主を信じてくれていたから、そしてアルウィムが勇敢に立ち向かったから、麦は頑張れたのだ。

誰かの頑張りは、誰かを突き動かす原動力になる。

次は俺たちの番だ――

どこからか声が上がり、館の消火活動が始まった。

庭にある池にホースが投げ込まれ、誰が指示したわけでもないのにバケツリレーの列が出来る。

服が破れたままの姿でアルウィムがバケツリレーの列に並び、使用人は慌てて着替えを持って来た。

ドラゴンのイルは大きな水袋をかぎ爪に引っ掛け飛び立つと上空から水を撒《ま》いて消火活動を手伝った。

館の西側はほとんど焼けてしまった。けれど誰も悲愴《ひそう》な顔をしていない。

消火活動がいち段落すると、誰かがパーティー会場に残っていた料理と酒を回しはじめ、お祭り騒ぎとなった。

「ムギくん無事でよかったあ」

栗色のセミロングの髪をひらめかせながら、ライザは麦を抱きしめた。

「ライザさん、俺」

この事態を引き起こしたのは、自分だと言おうとして止められた。

「私たちみんな、ムギくんが無事で嬉しいの！　だってこの館の仲間でしょ？」

「仲間？」

ライザを追いかけて来た使用人たちも大きく頷いた。

「ムギくんは仲間だって思ってないの？」

「そ、そんなこと、ない」

よそ者の麦を彼らは仲間だと言ってくれる。

涙が、出そうになった。

麦はもうひとりじゃなかった。

アルウィムが戻って来ると、ライザはそっと麦から離れた。

「ムギ、良かったな」

「……うん」

泣きそうになっている麦に胸を貸してくれる。

酒を酌《く》み交わすのに、貴族も平民も、よそ者も関係ない。

誰からともなく杯《さかずき》を差し出され、アルウィムは麦の肩を抱いたまま、乾杯の音頭をとった。

麦は魔女の脅威を退けることができたのだと、ここにいてもいいのだと感じることができた。

アルウィムが杯を傾けながら、麦の髪にそっと頬を寄せる。

ヴァレーンスの守り神であるドラゴンの姿のイルが館の周りを旋回している。やがて翼をバタつかせながら屋根の上に立つと、咆哮《ほうこう》した。その姿は館の正門に掲げられたエンブレムそのものだった。

◇◇

お祭り騒ぎは日が暮れるまで続き、アルウィムが私室へ戻ったのは夜も更けた頃だった。

アルウィムは私室に戻るなり鏡を起動し、領内の代表たちにリモートで本日の出来事を報告していた。

「会談に来たアイビスの民たちは魔女の復活と共に黒い穴へ吸い込まれてしまった。おそらくこちらに着く前から既に魔女の傀儡となっていたのだろう。シスター、教会に避難している難民に変化はなかったか」

アルウィムの隣にいた麦は瞼を閉じれば、すぐに眠ってしまいそうだった。

うつらうつらしている麦に気付き、アルウィムが頭を撫でてきた。鏡の向こうで繋《つな》がっている人達に見られているのではないかと冷や冷やした。

「はい、皆無事です。これまで誰も故郷を捨て逃げてきた理由を語らなかったのですが、魔女が再び封印されたと聞き、アイビスで何があったのか少しずつ話をしてくれています」

「そうか。難民への聞き取り調査を行う。シスターは橋渡し役を頼む。アイビスにはまだ魔女に囚《とら》われた人々がいるかもしれない。早々に派遣隊を送り、かの国の実態を解明しよう。消滅したわけではない魔女の封印状態も確かめておかなければならない」

国交のなかったアイビス。外国に気付かれぬ内に領内を支配していただろう魔女が封印され、国内情勢は混乱していると思われた。

リモート会議を終えて、ようやくアルウィムは息をついた。

「お疲れ様です」

「ああ」

麦が紅茶を差し出すとアルウィムは手を出さなかった。やや間があって、はっとしてようやくカップを受け取った。なくなってしまったしっぽで取ろうとしたのだろう。

「どうしてアルウィムはかつて戦争をしていた隣国にも親身になれるの」

カルムムの起こした争いは北の魔女の封印戦争だった。しかしそれを民衆は知らない。

アイビスには先の戦争で敵対したヴァレーンスを恨む者も多くいるだろう。

けれどもアルウィムはアイビスからの難民を受け入れ、和平のために領主会談を行うと決めていた。

「……過去は変えられない。けれど過《あやま》ちを反省し、二度と起こさないと誓うことはできる」

アルウィムは天を見上げ、目を瞑った。

まだまだヴァレーンスの問題は山積みだ。

「隣人なんだ。仲良くできるなら、その方がいいだろう」

「うん」

きっとアルウィムが領主ならば、ヴァレーンスの未来は明るい。

手鏡を磨《みが》き上げると、麦はチェアに座るようアルウィムを促した。

麦には、頼まれた仕事が残っていた。

寝間着《ねまき》に着替えたアルウィムは、素直にチェアへと座った。

麦はアルウィムの肩にカットクロスを装着し、長さがバラバラになっている髪に櫛を入れる。

こんな不格好な髪にしてしまったのは麦だ。

「……きれいな髪だったのに、本当にごめんなさい」

アルウィムの分身である、素直な反応をする髪のしっぽが麦に甘えてくれないのが悲しい。

麦の後悔の混じった弱々しい謝罪に、アルウィムは笑ってみせた。

「聞き飽きた。それに、私の髪は使命を果たしたんだ。私は髪を伸ばしおばあさまのように銀髪の怪物と言われることに躊躇《ためら》いがあった。けれど、おばあさまは怪物ではなかった。髪を伸ばしていたことも、ヴァレーンスのために失ったことにも未練はない。だからムギが心を砕《くだ》く必要はない。好きに整えてくれ」

「うん。アルウィムの髪を俺が切れる時が来るなんて、考えたことなかったから、ちょっと嬉しいんだ」

麦はそう言うと、アルウィムの髪にシザーを入れて、大胆にショートカットを作っていく。

あっという間に髪の短いアルウィムが出来上がった。

アルウィムのかたちのいい後頭部がはっきりと分かるシルエット。首やうなじが見え、さっぱりとした。

髪の長いアルウィムは生まれ持った品性によって柔らかな印象であったが、髪が短くなった姿は雄々《おお》しく男前であった。

銀色の髪は、短くなってもランプの光を受けて輝いていた。

「頭が軽くなった」

慣れない髪型に、後頭部をわしゃわしゃと豪快《ごうかい》にかき上げている。

「ショートでもアルウィムはかっこいいよ」

カットクロスを外しながら、仕上がりを見てもらおうと手鏡を差し出したがアルウィムは受け取らなかった。

「本当か？　髪切り屋は客を褒めちぎるのも仕事なのだろう？」

意地悪な顔をしている。どうせお世辞だと言いたげだ。

「ちゃんと、心から、かっこいい！　って思ってるよ」

「ムギの好みか？」

「うん」

ごく自然に、何でもないみたいに言ってみせたが、心の中は緊張していた。

だって、アルウィムがこれまで以上に格好良く見えたから。

アルウィムは後ろを振り返ると、麦の頭を抱き寄せた。

「会談が終わったら、伝えたいことがあると言っただろう」

「うん」

心臓が跳《は》ねた。

アルウィムは何者でもない麦にそばにいて欲しいと言ってくれた。

人に髪を切ってもらうことのないこの世界では無意味な、麦の美容師としての誇りを理解し受け入れてくれた。

魔女に操られ、アルウィムを裏切り髪を切ってしまった麦を許してくれた。

「ムギが好きだ」

感極まった囁《ささや》くような声を聞いて、麦はぼろぼろと涙をこぼした。

胸が張り裂けそうになる。よそ者で相応《ふさわ》しい身分でもない麦が、領主のアルウィムに見初《みそ》められるなんて畏《おそ》れ多いと分かっている。けれども渇望《かつぼう》せずにはいられない。

「……うん、俺も好き」

アルウィムの、そばにいたい。いさせて欲しい。

水晶のような透き通った瞳が至近距離で麦を見詰める。

麦も引き寄せられるままにアルウィムの胸に寄り添う。

唇と唇は、まるでくっついていることが当然であるかのように、自然に触れ合った。涙のしょっぱい味がする。

角度を変え、何度も合わさり、歯列を舐め上げられ徐々に麦は息が上がってくる。

甘美な感触に、くらくらする。

「ふっ……」

キスに慣れない様子の麦に、アルウィムは笑みを深めた。

麦は抱きかかえられ、広い天蓋付きベッドの上へ下ろされた。

まるで麦をベッドに縫い付けようとするように、アルウィムが覆いかぶさってくる。麦に体重をかけないように優しく、けれど逃すまいとする執着めいたものを感じ取った。

求められることが、こんなに嬉しいだなんて知らなかった。

鎖骨を舐められ、銀髪に肌を擽《くすぐ》られる。

「あっ……」

「もっと濃密にムギと触れ合いたい」

指と指が絡み合う。それだけのことがとても官能的だった。

アルウィムともっと深く触れ合える。想像しただけで恥ずかしくて赤面しそうだった。

「あの、その……俺、はじめてで……」

言い終える間際《まぎわ》に、顎《あご》を持ち上げられ口を塞《ふさ》がれた。

上顎を舐められて、体験したことのない快感が走る。アルウィムにされるがまま口内を蹂躙《じゅうりん》されていく。

「んんっ」

びくりと身体を震わせて目を開けると潤《うる》んだ瞳と目が合った。

「ムギは俺のことだけ感じていろ」

「……うん」

アルウィムの一人称が変わったことに、ちょっぴり驚いたけれど愛おしさの方が膨れ上がった。

素直にアルウィムの愛を受け取ればいいのだ。麦は胸がいっぱいになった。異世界で作られた無数の傷がアルウィムによって癒《いや》されていく。

(やっぱり俺は、アルウィムに会うためにここに来たんだ)

そう思わせてくれるアルウィムが大好きだ。

覆いかぶさってくるアルウィムの身体に腕を絡ませる。触れ合った箇所から熱が伝染していく。

アルウィムが指を鳴らすと、部屋の照明が落ちた。

キスを交えながら、お互いの服に手をかけた。関節で引っ掛かりすんなりと脱がすことができない。自分で脱いだ方が早い。それでも相手の好きなようにさせてやる。小さく笑い合いながら、戯《たわむ》れるように裸になった。

月明りの下で白い肌が幻想的に浮かび上がる。

アルウィムの逞しい胸にそっと触ってみると、麦も胸を触られた。

「あっ」

左右の乳首を摘《つ》まれて、思わず声が出てしまう。アルウィムから与えられる刺激にきゅっとそこが硬くなるのが分かった。

引っ張られ潰すように捏《こ》ねられると徐々に快感が生じてきて、下半身まで響いてしまう。股をもぞもぞさせる。

「気持ちいいか?」

アルウィムは麦の初々《ういうい》しい反応を楽しんでいる。

「……意地悪するなよ」

少し触れられただけで、快感を拾ってしまう自分が恥ずかしい。

「ムギに気持ちよくなって欲しい」

「お、俺だって」

アルウィムに気持ちよくなって欲しい。

「んんっ」

大きな手が頭をもたげているムギの雄芯をなぞった。性器を握られてキスや乳首への刺激の予感めいた気持ちよさではなく、強烈な性感が襲ってくる。

足を閉じてしまいそうになるのを我慢して、麦はアルウィムのそれに手を伸ばした。

麦のと比べると大きくて血管が浮き出ており立派だ。恐る恐る握ってみるとアルウィムは眉を顰《ひそ》めた。

「うっ……」

両手で持ち上下にゆるく擦《こす》ってみると、アルウィムがうめいた。

「……ムギ、無理はしなくていい」

「俺も、アルウィムを気持ちよくしたいから……やらせて」

上目遣いでお願いすると、アルウィムはそれ以上何も言わなかった。無言を肯定と捉《とら》え、麦はアルウィムの性器に刺激を加える。

「あっ、あっ」

お互いに息遣いが荒くなってくる。先走りが溢れ手のひらが濡《ぬ》れていく。

あっという間にアルウィムの雄は硬くなり幹に血管を浮かせていた。立派な姿に麦は唾《つば》を吞《の》み込んでしまう。

これが、自分の中に入ってくるのだ。

怖くないと言えば嘘になる。

「ムギ……」

けれど切なく名前を呼ばれてしまえば、アルウィムを受け入れたいと、挿《い》れられたいと思ってしまう。

繋がりたい。身体も心も、ぐずぐずに溶け合ってしまうくらいに。

興奮して息を乱すことだけに精一杯になっていると、アルウィムに身体をひっくり返された。

四つん這いに突き出した尻にアルウィムの長い指が探るように触れてくる。

「あ、あっ」

つぷんと、麦のなかに指が入ってきた。異物感に麦は喉《のど》を反らし、汗を飛び散らせた。

どろっとしたものがアルウィムの指とともに麦の中に入ってきた。アルウィムの指の滑りがいい。ローションのようなものだ。

「あっ……」

アルウィムが事前に準備をしていたのかと思うと、麦とこういうことをしたいと思っていてくれたのだと考えると、何とも言えない気持ちになる。

麦がほんの少し首を捻《ひね》って顔を上げると、アルウィムが笑った。麦の考えていたことが分かったらしい。

「この潤滑油……俺がムギに渡したミツロウの残りで作った」

「えっ……？」

作った？　麦とこういうことをするために、忙しい公務の合間を縫ってローションを。

思いも寄らなかった告白に、恥ずかしくて麦は顔を真っ赤にした。

「痛くないか……？」

「う、うん……」

麦の反応を見ながら、ゆっくりと指が抜き差しされる。

「あああっ、あああぅっ」

指を増やされ角度が変わったかと思うと前立腺を引っかかれて、断続的に喘《あえ》ぎ声が上がる。腕に力が入らなくなりシーツの上に突っ伏してしまう。

アルウィムの指の動きに全神経が集中して、快感を追いかけている。

乱暴に掻《か》き回されても痛くない。それどころかもっと奥までアルウィムに入ってきてほしいと思ってしまう。

はやく、繋がりたい。

「……いい具合だな。俺ももう待ちきれない。ムギ、挿れさせてくれ」

「う、うんっ」

アルウィムは唾を呑み込むと、指を引き抜き代わりに昂った己の分身をそこへと突き入れた。

「ああ――っ！」

奥深くまで熱杭が穿《うが》たれる。身体がびくんと跳ね上がると、徐々に力が抜けていった。

「はあ、はあっ」

アルウィムに後ろから抱きしめられ、触れ合った肌と肌が燃えるように熱かった。

「ムギ……好きだ」

耳元でねっとりと囁かれ、ゆっくりと結合部を揺さぶられ、その度にあられもない声が漏れてしまう。

「おれも、すきっすきっぃ、すきっ」

あられもない姿で夢中で連呼《れんこ》していたことに気付いて、顔が熱くなる。

首の後ろでアルウィムが笑うのが分かった。

アルウィムの手のひらが麦の左手に重ねられ、指と指が絡み合う。

好きな人とひとつになれた。

「あ、やん、あっ、んっぅ……」

律動が速くなる。理性は散り散りになり、たっぷり喘がされて麦は声が掠れてきた。

「ムギ……っ」

「あああっあ、あ……」

知らぬ間に麦は射精していた。身体のなかに熱いものが注ぎ込まれていくのを感じながら、麦は目を閉じ意識を手放した。


幸せな気だるさのなか、麦は目を覚ました。

隣にはアルウィムが横たわり、微睡《まどろ》んでいた。

じんわりと汗の滲んだ額《ひたい》と額を寄せて、麦は無意識に短くなったアルウィムの髪に指を通していた。

短くなってしまったけれど、その絹のような美しさに変わりはなく、愛しさが募《つの》る。

麦の好きに触らせながら、囁くような声で言った。

「おばあさまはきっと、俺の前にムギが現れることを知っていたんだな」

「え……」

「髪を伸ばしなさい。決して切ってはダメ」

いつか祖母と交わした約束をアルウィムは口にした。

「おばあさんが髪を伸ばせって言ったのは、魔女の封印を持続させるためでしょう……?」

それだけではないのだと、アルウィムは首を横に振った。

「髪を伸ばしていれば、どんなに孤独でもいつか貴方に幸せが訪れる」

美しい銀髪の女性が部屋の中を通り過ぎる幻影が見えた気がした。

「俺は幼心に、おばあさまの予言を信じたかったんだ。髪を伸ばしていたからこそ、俺はムギに会えた。おばあさまの予言通りだろう?」

思ってもいなかったアルウィムの告白に麦は目を瞬かせた。

銀色の長髪はアルウィムに苦難や悲しみを引き寄せた。

けれど、間違いなく美容師の麦とアルウィムを引き合わせたのは銀色の髪だった。

アルウィムもそう思ってくれているのだ。

麦はアルウィムの頭に腕を回してぎゅっとした。

抱きしめられて、アルウィムは幸せそうに目を細めた。

「そばにいてくれて、愛してくれてありがとう。ムギ」

瞳を潤ませながら抱きしめ返し、二人は痺れを切らしたジェイドが起こしに現れるまでずっとシーツにくるまっていた。

ここは銀髪の怪物――もとい銀髪の魔術師が治める国、ヴァレーンス。

北の魔女の襲撃を受け、領主の館は多大な損害を被《こうむ》った。

誇り高い銀の短髪の領主は、翌日民衆の前に再び現れ多くの人を争いに巻き込んでしまったことを詫《わ》び、ヴァレーンスの平和統治を改めて宣言した。

そして、戦いの立役者としてある青年を紹介した。

後に彼が構えたビヨウシツと呼ばれる施設は、ヴァレーンスでムーブメントを起こす。

そのビヨウシが領主の婚約者だと発表され、領民に祝福されることになるのは、ほんの少し先の話だ。

異世界《いせかい》でも美容師《びようし》をがんばっています!

東京で美容師をしていた西原麦《にしはらむぎ》は、ある日突然異世界に召喚《しょうかん》された。元の世界に戻ることもできず、この世界で生きていこうと決めた後、紆余《うよ》曲折を経て丘陵《きゅうりょう》の国ヴァレーンスの領主の元にいる。

北の魔女の攻撃を受けた領主の館《やかた》。一階にある領主のための着替えの間は運良く崩壊を免れた。復興が進み、争いの傷が薄れかけた頃、麦は着替えの間を借り受けて念願であった自分の美容室を開店したのだ。

領主の館で髪の毛の専門家が、理想通りに髪を切ってくれるらしい。

女性たちの間で麦の店は話題となった。

この国で一番偉い領主の後ろ盾《だて》があることは大きく、噂《うわさ》を聞きつけた人たちの予約でスケジュールが埋まっていった。

マッシュルームカットのサラサラヘアを揺らし、麦は腕まくりをする。アッシュグレーに染めていた髪は異世界に来て数カ月経《た》ち、色落ちして地毛の黒髪に戻りつつあった。

大きな鏡をはじめとして、この部屋には美容室に必要な家具や道具が揃《そろ》っていたが、麦にはどうしても増設したいものがあった。

館の使用人たちの力を借りて、古くなった陶器の洗面台と長椅子《ながいす》を組み合わせ、給水と排水のパイプを取り付けて、それを作ってみた。

東京の美容室なら必ずある、シャンプー台だ。

ヴァレーンスでは人に髪を切ってもらうという習慣がない。

魔術師である領主アルウィムと初めて会った時は、髪に魔力を蓄えているという理由から、ヘアカットを拒否されたという経験もある。

他にも東京にいた麦には思いもよらない、様々な理由で髪を切りたくない、他人に触らせたくないという人がいるかもしれない。

そんな人たちに、ヘアカット以外で美容師としての技術を用いて喜んでもらうにはどうしたらいいだろうと考えた時、麦はシャンプーをしたくなった。

人に髪を洗ってもらうことは、とても気持ちがいい。

髪と頭皮を丁寧に洗って清潔にすることは、異世界であるこの国の人たちも気に入ってくれるはずだ。

そんな麦の思いから出来上がった手作りのシャンプー台。いきなりお客様に使っていただくわけにもいかない。

そこで異世界に来たばかりの頃に麦を助けてくれた恩人である宿屋の女将《おかみ》さんに感謝の気持ちも込めてシャンプー体験をしてみてほしいとお願いした。

無料の施術は、麦からしてみれば練習である。従来ならば店の営業時間外にするべきだが、女将さんの都合もあり、予約と予約の合間を縫《ぬ》った限られた時間内で行うことになった。

「ここに寝ればいいのかしら」

洗面台に長椅子がくっついた奇妙なかたちのシャンプー台に女将さんは戸惑いながら腰かける。

「はい。仰向《あおむ》けに寝て、ここに首を置いてください。こちらから頭に触れますね」

サイドポニーテールにまとめた髪を解《ほど》いて、シャンプー台に寝てもらう。首の下にはネックピローの代わりに丸く巻いたタオルを用意した。女将さんの頭の上に、麦は陣取った。

「寝心地はどうですか？　痛かったり窮屈《きゅうくつ》だったりしませんか」

「ええ」

緊張している女将さんがリラックスできるように、目隠しのタオルを顔の上に置き髪にそっと触れる。

異世界でシャンプーをするのは麦も初めてだ。

これからのために自作のシャンプー剤も作ってみた。ヴァレーンスで流通している固形石鹸《せっけん》を砕いて水を混ぜたものだ。

シャンプーの仕方は美容室に就職したら一番最初に覚えるが、久しぶりに行うので手順や技術を確認しなくてはならない。

東京の美容室で先輩に教わったことを思い出しながら、緊張感をもって麦は湯を出した。

ぬるま湯で髪と頭皮全体をしっかり濡《ぬ》らし、地肌をマッサージしていく。シャンプー剤は手のひらで泡立ててから髪につける。まずは優しい力加減で大きく手を動かし、空気を取り込んでさらに泡立てる。

十分に泡立ったら洗い始める。頭頂部、耳の後ろ、後頭部、襟足《えりあし》。爪を立てずに指の腹で隅々《すみずみ》まで円を描いたりジグザグさせたりして洗っていく。

「力加減どうですか？」

洗いのリズムと強弱が良かったのか、女将さんの身体《からだ》の緊張が解けていくのが分かった。

「ええ、とってもいい感じ。すごいのね、水が顔や耳にかからない」

手のひらを添えて、濡れてほしくないところを覆ってからお湯をかける。美容師の基礎的なシャンプーテクニックだ。

「ムギくんはすごいのね」

女将さんが感心し切った声を聞かせてくれ、麦は嬉《うれ》しくて彼女の頭上で笑顔になった。

きっちりと泡を流し切ると簡単にタオルドライをして、女将さんに身体を起こしてもらう。

大鏡の前の椅子に移動してもらい、館の使用人であるライザにも手伝ってもらって扇で風を送りながら髪を乾かしていく。

今後の営業に反映できるよう、シャンプー台の使い心地や、人に頭を洗ってもらった感想を女将さんに聞いた。

「領主様の館で働けるようになって、本当に良かったわね。うちの宿屋にずっといたら、こんなお店を開くなんて夢のまた夢だったでしょう」

「宿屋の手伝いをしながらストリートカットするのも楽しかったですけど。ここに来て良かったと思ってます。素敵な店を構えることができたのは、領主サマのおかげです」

領主であるアルウィムが着替えの間を美容室として国民に解放することを許してくれた。美容師として目の前の人を幸せにしたいという麦の信念を理解してくれたのだ。

だから、今の麦がある。知り合いもいない異世界で、ひとりでは到底実現できなかった。

自分の店を持つという麦の夢を叶《かな》えてくれたのは、アルウィムだ。

今頃、自室にこもって執務に励んでいるアルウィムを想《おも》って麦は軽く目を伏せた。

「そう！　領主様！」

女将さんは思い出したように、目を輝かせた。

「私たちの領主様に、恋人ができたのでしょう？」

両頬《りょうほお》に両手を当てて、女将さんは乙女《おとめ》のようにうっとりとした表情になった。

「え、えーっと……」

麦とライザは顔を見合わせる。

領主アルウィムの恋人。それは言わずもがな麦のことだ。

麦は口元を引き締めてライザに向けて小さく首を振った。

女将さんには麦がアルウィムの恋人であることを言わないでほしい、と視線で伝える。

北の魔女の襲撃と、領主による撃退劇は英雄譚《たん》としてあっという間に国内に広まった。

同時に国民たちの間では、領主様に恋人ができたらしいと噂になっていた。

そもそも国民の前にけして姿を見せなかった領主様が、領主会談という大きな政《まつりごと》の場で皆に顔を見せることを決めたのは、その恋人の後押しがあったそうだ。魔女の撃退にも領主様の恋人の力添えがあったらしい、などと話は広がっていた。

騒動の最中、魔女の髪を切り、空から落ちてきた麦をアルウィムは抱き止めてくれた。無事に地上へ戻ってこられた麦の肩を、アルウィムは人目もいとわずにずっと抱いてくれていた。

お互いの無事を心から喜び合った。触れ合った箇所から二度と離さないというアルウィムの決意が伝わってきて、大勢の人の前だと分かっていても二人は離れることができなかった。

麦は北の魔女に操られていたのに、アルウィムの敵であったのに。麦を責めることなく、許し、もう手放さないと力強く伝えてくれるアルウィムを拒めるわけがなかった。

その様子を見ていたあの場にいた人々と、館の使用人たちには、麦がアルウィムの恋人だということは一目同然だった。

正確に言うと、気持ちを伝え合って晴れて恋人同士になったのは騒動の後で、あの時は恋人ではなかったのだけれど。

「ムギくんは領主様の恋人のことを知っているのでしょう？　どんな人なの？」

「えっと、その」

歯切れの悪い受け答えをする麦に、ライザは「君のことでしょ」という冷たい視線を寄越《よこ》している。

「領主様は怪物だって言う人もいたし、ずっと館に引きこもっていらっしゃると聞いていたから心配していたのだけれど、恋人ができたならもう安心よね」

「女将さん……」

まるで親戚《しんせき》のおばさんのようにアルウィムのことを案じている、女将さんの優しさが心にしみてくる。

こうしてアルウィムのことを愛してくれる国民がいることが、麦は自分のことのように嬉しかった。

「これでお世継ぎの心配もなくなるわね」

「お、お世継ぎ……？」

「ええ。領主様はとっくに結婚して子供のひとりやふたり、いたっておかしくないお歳《とし》だもの。早くお子様の顔を見せてほしいわ」

「……」

胸の奥がざらついた。

アルウィムに結婚とお世継ぎの問題があることを、麦は他の人の口から初めて聞いた。

動揺した麦のタオルを動かす手が止まる。

分かりやすく施術中に落ち込んでしまった麦に気付き、ライザがわざとらしく声を上げた。

「はーいムギくん、手動かしてぇー」

接客中に暗い表情になってお客様に気を遣《つか》わせてはいけない。

ライザの声にはっとなり、麦は明るい表情を無理やり作った。

女将さんの乾いた後ろ髪をざっくりまとめて結ぶとハーフアップに仕上げた。

大鏡に映った、シャンプーの効果で艶《つや》とボリュームの出た髪を見て、女将さんは照れくさそうに笑った。

「あらあら若返った気分。これなら他のお客様もきっと喜んでくれるわよ。また宿にも遊びに来てね」

初めてのシャンプーの仕上がりはまずまず。女将さんの反応も悪くない。まだ改良すべき点はあるが、これならお金を貰《もら》うサービスにできそうだ。

「忙しいところ、本当にありがとうございました」

まるでお姫様になったかのように、ゆるふわの髪とスカートを翻《ひるがえ》しながら女将さんは帰っていった。

女将さんを見送り、後片付けをしていても、先ほどの会話が頭から離れない。

「お世継ぎ、かあ……」

アルウィムは一国を治める領主であり、優秀な魔術師だ。血の繋《つな》がった後継者の誕生を周囲が期待することは当然だろう。

少し考えれば分かることだ。思いも寄らなかったということじゃない。

俯《うつむ》いて両手で頭を抱えてしまう。

……正直、考えないようにしていた。

麦とアルウィムは男同士。二人の間に子供は望めない。

初めて他の人の口から世継ぎについての熱望を聞き、麦にはどうしたってその期待に応えられないことが、重い事実として襲《おそ》いかかった。

シャンプー台に手をかけたまま、その場にうずくまってしまった麦を見て、ライザは腰に手を当てて呆《あき》れていた。

「女将さんに正直に言っちゃえばよかったのに」

確かに、素直にアルウィムの恋人は自分だと言っていれば、世継ぎの話にはならなかっただろう。

「……俺とアルウィムのことは、俺だけの問題じゃないから」

麦はゆっくりと立ち上がった。

二人の関係のことを、国民に公表すべきか秘密のままにしておくべきか、麦は迷っていた。

「私は麦のことを国民に紹介したいと思っている」

紺藍《こんあい》の瞳《ひとみ》に見つめられ、そう、はっきりとアルウィムは言ってくれた。

思いをストレートに告げてくれるアルウィムが眩《まぶ》しくて目がくらんだ。

嬉しかった。けれど麦はすぐに賛同することはできなかった。

だってアルウィムはヴァレーンスの未来を背負った領主なのだから。

そのパートナーが北の魔女によって異世界から召喚された身であり、世継ぎの望めない自分であることを国民は受け入れてくれるのだろうか。

ライザは納得していないのか、大鏡の前の椅子に勢い良く座った。

「だって館のみんなは全員知っているわよ。あの日からムギくんが一度も使用人宿舎の自分の部屋に帰っていないこと。朝はムギくんが部屋から出てこなければ、領主様も絶対に出てこないこと。昼間はムギくんにお仕事の予約が入っていなければ、どこで何をしてても、呼ばれて領主様の部屋に拉致《らち》されていること」

「うっ……」

麦は顔を赤くして耳を塞《ふさ》いだ。

全て事実だが第三者の視点から述べられると、とんでもなく恥ずかしい。

使用人たちには何も伝えていないのに、二人が恋仲であることは周知の事実だった。アルウィムがすぐ麦を傍《そば》に置いておこうとするので、むしろバレない方がおかしいくらいだ。

「さ、次の予約の時間だわ。アルウィム様が直々《じきじき》に紹介してくださった方よ。切り替えていきましょ」

次の予約のお客様はアルウィムの知り合いの貴族の女性だ。失礼をしてアルウィムの顔に泥を塗ることになったらいけない。

「はいっ……いてっ」

しゃきっと立ち上がり、タオルで濡れた手を拭《ふ》くとピリッとした痛みが走った。

ライザはテキパキと道具入れの中を整頓《せいとん》して、お客様を迎え入れようと着替えの間の扉を開けに行った。

こちらをライザが見ていないことを確認して、もう一度手のひらを見る。

ひび割れた手のひらからじんわりと血が滲《にじ》んでいた。

麦の手は東京にいた頃から常に乾燥しひび割れてカサカサだ。原因はカラーリングの薬剤による刺激や何度も行うシャンプーによって多く水に触れること。職業病である。

ヴァレーンスに来てからは、カラーリングやシャンプーといった手が荒れやすい施術は行っていなかったから、症状は改善傾向にあった。

しかし本格的にシャンプーのサービスを始めれば、水に触れる頻度が上がり、症状はひどくなる一方だろう。

（シャンプーをやっていくなら、手荒れの対策も考えなきゃ。お医者さんに診《み》てもらうか、ハンドクリームの代わりになるもの探さなきゃな）

東京にいた頃は「ＺＡＮＫＡ」という美容室専用のヘアケア商品を扱うメーカーのハンドクリームを愛用していた。しっとりしたクリームをつけると、麦のカサカサの肌に潤《うるお》いが戻り、何度も塗り直しをしなくても効果が持続するのでとても気に入っていたのだ。ジャパニーズローズの主張しない香りも好きだった。

「いらっしゃいませ……えっ」

扉の開く音がして、麦とライザが同時に声と頭を上げると、予約していたお客様ではない、予想していなかった人物が入ってきた。

「失礼」

凛《りん》とした声音は耳に心地よい。

ショートカットの銀色の髪がふわりと揺《ゆ》れていた。前髪のかかった目元は涼やかで清廉《せいれん》な印象を与える。背が高くほどよく筋肉のついた体躯《たいく》は一国の領主というより、ファッションモデルと紹介された方が納得するだろう。この人がつい先日までとてつもなく長い髪で、左右対称の美しい顔立ちを隠していたなんて、今や誰も信じられない。

誰もが見惚《みと》れてしまう見目《みめ》麗《うるわ》しい領主、アルウィムが現れて麦とライザは驚いた。

館の中ではいつも動きやすいローブ姿なのに、珍しく胸元にフリルのついたシャツとぴったりした革のズボンをはいていた。

「アルウィム!? どうしたの」

その後ろから複雑そうな顔をしたジェイドが重い足取りで入ってくる。

この時間はまだアルウィムは自室で粛々《しゅくしゅく》と仕事をしているはずだ。それに美容師の仕事中の麦を、これまでアルウィムが訪れたことはなかった。

アルウィムは何時間ぶりかに麦と顔を合わせ、口元に笑みを浮かべた。

「ある人を君に会わせたい。ムギに直接謝りたいそうだ」

「え?」

アルウィムは左手を前に出し、パチンと指を鳴らした。

部屋のなかを映していた大鏡の表面がぐにゃりと歪《ゆが》むと、知らない家のなかと女性の姿が浮かび上がった。

「ムギさん。この時間、髪を切っていただく予約をしていたのですが、行けなくなりました。申し訳ございません」

女性は頭を下げた。その顔には疲れと申し訳なさが滲んでいる。

「あ、分かりました。連絡ありがとうございます」

「本当にごめんなさい」

お客様あっての美容師。大勢のお客様を一度には相手にできない仕事だ。予約とお客様の来店があって成り立つ商売。

しかし、様々な理由でお客様が来られなくなることは、致し方がないことだ。

鏡の中の女性は心底申し訳なさそうで、麦は彼女がこれ以上気に病むことのないように笑顔を見せた。

「大丈夫ですよ」

「でも……」

美容室にとって予約のキャンセルは売上減に直結する。もっと早くキャンセルをしていれば、そもそも自分が予約をしていなければ、別の人が来店し儲《もう》けになったかもしれない。そのことをお客様も分かっているから、お店に迷惑をかけていることに罪悪感を抱いてしまう。

「じゃあ、落ち着いたら次の予約を必ず入れてくださいね。待ってます」

当日キャンセルは仕方のないことだ。

それより、美容室が一番怖いのは、当日キャンセルを申し訳なく思い気まずくなったお客様が二度と来なくなることだ。

「はい。必ず。アルウィム様もお仕事中、ご足労おかけしましてありがとうございました」

「構わないさ。君が私に連絡をくれてありがたかった」

通信が途切れる前にようやく笑ってくれた女性を見て、麦は大きく息をついた。

再び大鏡のなかがぐにゃりと歪むと、麦たちの姿が映し出され通常の鏡に戻った。

どうやらアルウィムは仕事中に彼女から魔法の通信連絡を受け、麦への取次ぎを頼まれたらしい。

「領主サマ、わざわざ伝えに来てくれたんですね。ありがとうございました」

「問題ないさ。それより君に会う口実を、時間をくれた彼女に感謝している」

返す言葉に詰まる。

(俺に会いたかったってこと……？)

嬉しさと自惚《うぬぼ》れてはいけないと自制する気持ちがせめぎ合って、麦は手のひらのひびのことも忘れて手をぎゅっと握った。

役目を終え、すぐ仕事に戻るかと思われたアルウィムはソファに腰を下ろし、長い足を組んだ。

その後方にジェイドが控えると、慌《あわ》ててライザもそれに倣《なら》った。

「さて、今日この後のムギの仕事の予定はなくなっただろう？」

「そうですけど」

今日の最後の予約は先ほどの女性だった。

アルウィムはすっと左手を麦へ伸ばした。

「これから私とともに街へ行こう」

「え？」

突然の申し出に麦は頭が追いつかず、目をぱちくりさせている。

「二人で買い物をしよう。何でも、とは言えないが麦の気に入った品があれば私にプレゼントさせてくれ」

戸惑う麦とは反対にアルウィムはもう出かけると決めているらしい。

「そ、それって……」

アルウィムと麦は恋人同士。好き同士が館を出て街を歩く。

その行動を形容する言葉を麦はひとつしか持ち合わせていなかった。

「デート!?」

まさかのお誘いに、麦は舞い上がった。嬉しいが、むず痒《がゆ》いような落ち着かない気分になる。

「でえと？　想い合う者同士で出かけることをムギの国ではそういうのか。ああ、私とデートしてくれ」

アルウィムは力強く頷《うなず》く。銀色の髪がより一層、輝いた気がした。

「でも……」

「どうしたんだ」

なかなか了承しない麦に、アルウィムは優しく問いかけた。

デートのお誘いは素直に嬉しい。けれどアルウィムはずっと引きこもりだった。いきなり街に行きたいなんて、無理をしていないだろうか。

それに領主の仕事は山積みの状態だ。仕事を放り出してデートに行ってしまっていいのだろうか。

思わず、麦はアルウィムの仕事の管理をしているジェイドの顔色をうかがってしまう。

ジェイドは麦の視線に気付くと、眉《まゆ》の間に深い皺《しわ》を作った。

「心配ない。ジェイドには許可をもらっている」

アルウィムは背を軽く逸《そ》らして後ろにいるジェイドを見上げた。

ジェイドは咳払《せきばら》いをする。

「正直、現在アルウィム様の抱えている仕事量は膨大《ぼうだい》です。時間は無駄にしたくはない。しかし、引きこもりだったアルウィム様がはじめて、自ら外に行くと言い出したのです……！　やっと見せてくれた外出への意欲を否定するわけにもいきません。北の魔女の襲撃以降、仕事に打ち込んできた分、労《いたわ》りの時間が必要なのも事実」

仕事を優先すべきか、アルウィムのこれまでに生じることのなかった外出したい気持ちを尊重すべきか、ジェイドも葛藤しているようだった。

「駄目だと言ったら、二度と外に出てくれないかもしれません。ムギ、ここはアルウィム様の言う通りに……」

　絞り出すようにジェイドは言った。口では外出を認めているようだが、まだジェイドも正しい判断なのか迷っているらしい。

　麦もどちらの選択が良い結果をもたらすのか、分からない。

「アルウィム無理してない？　街に行くの何年ぶりとかでしょ」

　控えめに問うとアルウィムは首を横に振り、否定した。

「確かに緊張はするだろう。だが、ムギがいれば大丈夫だ。数年ぶりの外出はいい思い出にしたい。ムギと一緒がいい。私の夢はムギがいなければ叶わないんだ。ムギは嫌か？」

　麦は大げさに首を横に振った。

「嫌じゃない。嬉しいよ。その……アルウィムとデートできるなんて思ってもいなかったから……」

　アルウィムが、外に出ると決意を固めているなら麦だって応援するに決まっている。

　麦は背筋《せすじ》を伸ばすと、お辞儀《じぎ》をした。

「よろしくお願いします！」

　清々《すがすが》しい宣言が部屋の中に響く。

「決まりだな」

　アルウィムは今日一番の笑顔を見せた。

御者《ぎょしゃ》が手綱《たづな》を引き、掛け声を発すると、アルウィムと麦を乗せた馬車は走り出した。

門をくぐり丘陵の上にある館から、ヴァレーンスの街までなだらかな坂を下って行く。

初めて領主の館にやってきた時、ジェイドとこの坂を歩いてきたことを思い出した。

あれからそんなに日は経っていないはずなのに、懐かしく感じる。

「どこか行きたいところはあるか」

隣にアルウィムが座っている。それだけで麦は高揚していた。

「うーん」

宿屋にいた頃は、毎日の生活をこなすことに精一杯で、遊びに出かけたことはなかった。

会いたい人、知り合いがいるのはお世話になった宿屋くらいだが、突然領主が来たら迷惑だろう。

それに先ほど会ったばかりの女将さんは領主の恋人に興味津々《しんしん》だった。いきなりアルウィムを連れていって、二人の関係を見せたら驚かせてしまう。アルウィムと一緒に宿屋に行くことは躊躇《ためら》われた。

「では露店《ろてん》通りに行こう。今はちょうど噴水広場で他国の行商たちが集まり店を出しているらしい。

私が許可書を発行したからな。珍品が見つかるかもしれない」

「他国の……物産展みたいな感じだねっ」

東京デパ地下の、都道府県ののぼりが立ち並び、全国各地から集まった美味《おい》しいものが所狭しと陳列された光景を思い出して麦の声は高くなった。

「みんなにお土産《みやげ》買っていきたいな」

「いい案だ」

馬車は想像していたよりも上下左右に揺れる。そんな揺れも気にならなくなるくらい、麦ははしゃいでいた。

無邪気な麦の様子に、アルウィムの顔も自然と優しく柔らかになる。

馬車の中は広くはない。少し足を広げれば並んで座るアルウィムの膝《ひざ》に当たりそうだ。そんな距離でアルウィムの笑顔を見て、ドキドキした。

吹き込んでくる気持ちのいい風。前から後ろに流れていく景色。

ほんの少しの沈黙に、先ほどの女将さんとの会話を思い出して、今ならこれからの二人のことを相談できるかなと思ったが、楽しいデートを前にして重く現実的な話題を口にして気まずい雰囲気になったら嫌だった。

アルウィムは麦を大事にしてくれている。愛されていることを、麦だって受け止められないくらいに感じ取っている。

けれど、世継ぎ問題を口にして、アルウィムが何と返してくれるのか。想像して、怖くて何も言えなくなった。

麦にはどうしたって世継ぎ問題を解決することはできないから、悲しい展開しか思い浮かばないのだ。

「どうした」

アルウィムは肘《ひじ》を窓枠にひっかけて頬杖《ほおづえ》をつきながら、黙り込んだ麦に溶けそうな甘い声で問いかける。

「……ううん」

この時間を失いたくない。

馬車の揺れにアルウィムの短くなった銀髪がぴょんぴょん跳ねている。

それを見て麦は口角を上げた。

「ふふっしっぽくんみたい」

指摘されてアルウィムは自分の髪をいじった。

「短くなったから魔力を通して動かす必要がなくなっただけで、以前のように動かそうと思えばできるぞ」

「そうなんだ……触ってもいい？」

ややかがみ上目遣いで遠慮がちに聞いてみる。

今日の朝はバタバタしていて、アルウィムの髪に触れるチャンスはなかった。アルウィムは髪が短くなってから、誰の手も煩《わずら》わせないようにと自分で髪を梳《す》くことを頑張っている。イルのように毎日髪を結ってあげる必要もない。

アルウィムの成長が嬉しい反面、美容師という立場を利用して気軽にアルウィムの髪に触れられないことを麦はちょっと恨めしく思っている。

麦のおねだりに、アルウィムはくくっと笑った。

「君は本当に、それればかりだな」

美容師でなければ日常生活の中で、人の髪に触る機会はほとんどない。プライベートでも髪に触りたいと言ってくる、麦は変なやつと思われても仕方がない。

「うっ、じゃあいいです」

しぶしぶと引き下がる麦の右腕をアルウィムが摑《つか》んだ。

「駄目だとは言ってないだろ」

アルウィムに誘導された手が柔らかな銀髪の中に埋《うず》められた。

指の間を糸のようにさらさらした髪が滑っていく。

アルウィムが目を閉じ、麦の手に頰ずりをするように髪を当ててきてドキッとした。

「……満足か？」

「う、うん」

「それは良かった……私ばかりが君に好きに触られているというのも癪《しゃく》だな」

「ええ？」

「私も麦に触りたい」

「えええええ？」

反射的に髪に触れていた手を引っ込めた。

心臓がありえないほどばくばくしている。

「いいだろう？」

アルウィムの目が細められて、意地悪そうに見えた。

「うっ……」

先に好きに触らせてもらった手前、嫌とは言えない雰囲気だ。

（ずるいっ）

腰が引けている麦にアルウィムはすかさず寄ってきた。狭い馬車内に逃げ場はない。

「さ、さわるって、どこを……？」

アルウィムとは毎夜同じベッドで寝ている。触れ合いなんて、初めてじゃない。もう慣れたと思っていた。真っ昼間の外出中、いつもとシチュエーションが違うからだろうか。改めてアルウィムに真正面から触りたい、だなんて言われたら恥ずかしくて麦は逃げ出したくなってくる。

固まってしまった麦にアルウィムの手が伸びてくる。大きな手のひらがするっと頬を撫《な》でたと思ったら麦のマッシュルームカットの髪に指が通った。

「ぜんぶ」

麦の艶やかな髪の触り心地にアルウィムは気持ち良さそうに目を細めた。

毎日ケアを頑張っている自分の髪が褒められたみたいで、嬉しさで高揚してしまう。

美容師という立場上、多くの人の髪に自分は触れているが、この世界に来てから麦の髪に触れたのはアルウィムだけだ。

麦の髪を触ることができるのはアルウィムだけだ。

「と、言いたいところだが、今はこれで我慢しよう」

「……ずるい」

悔しそうに唸《うな》った麦を見て、アルウィムは笑みを深めた。

鞭《むち》のしなる音がし、馬が鳴き声を上げ馬車の速度が上がった。坂道から舗装《ほそう》された街道に入る。

アルウィムの手はすっと麦の髪から離れていった。ほっとすると同時に、名残《なごり》惜しい。

街が近づいている。

通行人が豪華な馬車を思わず見上げている。

「街だっ」

青空の下、レンガ造りの街並みが広がっている。その奥には海がきらめいていた。

あの屋根の下に多くの人たちが暮らしている。

少し前まであの街でストリートカットをしていた記憶がずいぶん前のことのように感じる。あの時は、美容師としての地盤を固めることに必死で、領主の館で美容室ができるようになるなんて想像もしていなかった。

この世界で大好きな人が出来るなんて、思ってもいなかった。

「……美しいな」

麦に続いて窓からヴァレーンスの街を見たアルウィムが呟《つぶや》いた。

「うん。立派な領主サマが治める街だもん」

まるで自分のことのように胸を張って答える麦と顔を合わせると、アルウィムはもう一度、街を見渡した。

アルウィムの銀髪に日の光が当たり、光の輪ができる。

改めて二人きりで外出しているのだと実感し、麦は幸せを噛《か》み締めていた。

街の入口手前の待機場に馬車を停《と》め、御者が扉を開けるとアルウィムは麦よりも先に颯爽《さっそう》と降りた。白いローブについたフードを被《かぶ》って銀髪と顔を隠す。アルウィムはこの街では有名人だ。公務で訪れたわけでもないので、領民に見つかり囲まれることは避けたいのだろう。

アルウィムに続いて麦も下車しようとして、車上から地面を見下ろすと思ったよりも車体が高い位置にあり身構える。

足を踏み外さないように、と思っているとアルウィムが手を伸ばしてくれた。

「ムギ、手を」

ぎくりとする。

麦の手のひらは、ひび割れてカサカサだ。握って気持ちの良い状態ではない。

こんな状態でアルウィムと手を繋げなかった。

麦が怪我《けが》などしないように手を貸してくれるという気遣いが嬉しいけれど、その手を取ることはできなかった。

「ムギ？」

手を握り返そうとしない麦に、アルウィムが怪訝《けげん》な顔をする。

「大丈夫だよ」

笑顔を作って、勢いをつけてリズム良く足をかけ、地面に踏み込んだ。

アルウィムに寄り添うと、思い切って抱きつくように腕を組んだ。

「えへへ」

大胆に密着してきた麦に、アルウィムはフードの下で一瞬驚いたがすぐに穏やかな顔つきになる。

「デートっぽいな」

「デートだよ」

御者に見送られながら、二人は並んで歩き出した。

（……誤魔化《ごまか》せた、かな。手は繋ぎたくないってアルウィムにバレてないよね）

本当は麦もアルウィムと手を繋ぎたい。

けれど麦の手を握ったアルウィムが若者らしくない乾燥し切ったカサカサの肌に触れ、憐《あわ》れむ顔をするところを見たくなかった。

近頃はベッドの中でもカサカサの手でアルウィムに触らないように極力気を付け、枕の下やシーツの中に手を隠していた。

手荒れがひどくなっていることを、アルウィムには知られたくない。

（はやく手荒れ対策をしないと）

麦は心の中で決心を固めた。

ひとり意気込んでいると、隣のアルウィムがじっと見つめていることに気付いた。

「な、なに」

「いや、その服を選んで良かったと思ってな」

出かける前に、麦は使用人たちに囲まれて着替えをさせられた。

ベージュ色のズボンと白いシャツの上にカラフルな染物の上着。

東京にいた頃、自由におしゃれを楽しんでいた麦のファッションと遜色《そんしょく》ない。

「麦には明るい色がよく似合う」

「アルウィムが選んでくれたの？」

「ああ、皆の意見も色々聞いた」

使用人たちとあれがいいこれがいいと、麦の服を選んでくれるアルウィムを想像して麦は小さく吹き出した。

「ありがとう。俺もすっごく気に入ったよ」

門をくぐり、露店通りに向かって歩いていると人通りが多くなってくる。

皆の目当ては噴水広場で行われている市場だ。

市場へと向かう人々の買い物するぞという気迫がすごかった。

買い物に夢中になっているからか、背が高いアルウィムの真っ白なローブ姿は人混みの中でも十分目立つ恰好《かっこう》だが、声をかけてくる人はいなかった。

「うわあ」

見知った食べ物屋やお土産物屋の他に、様々な色のテントが噴水広場を埋めつくすほどに並んでいる。屋台には見たことのないかたちの野菜やフルーツ、凝った装飾のほどこされた織物、木製や金属製の工芸品が所狭しと陳列されている。

呼び込みをする行商たちの声が響き渡り、買い物をする人々は目を輝かせて品物を見て回っている。

市場は活気に溢《あふ》れていた。

「北の国の襲撃があった後で、多くの人々が集まる催しを行うことに反対する声もあったが、開催できて良かった。商売は経済を回し、物は人々の暮らしを豊かにする。満ち足りた暮らしは明日への活力を生み出してくれる」

買い物を楽しむ国民たちの姿を目《ま》の当たりにして、アルウィムはほっとしたような顔をしていた。

アルウィムはいつも国民たちのことを考えて仕事をしている。

だからヴァレーンスの国民に愛されているのだ。

麦にとっても、アルウィムは自慢の領主であり、尊敬できる人だった。

「俺もこうしてアルウィムとデートできて、生きててよかったーって思う」

アルウィムはフードの下で銀髪を揺らした。

「ムギは大げさだな。人が増えてきた。はぐれないようにしっかり摑まって」

屋台と屋台の間の狭い道では、すれ違う通行人に接触しそうになる。

人を避《よ》けようとバランスを崩した麦が転ばないようにアルウィムは支えてくれる。

ごく自然に紳士的な振る舞いをしてくれる。アルウィムのことがますます好きになりそうだった。

歩いていると、アルウィムが選んでくれた麦の上着は擦《こす》れて音が鳴った。布ではなく化学繊維のようなツヤツヤした生地だからだ。

麦が動くと生地が擦れて自然と音が鳴る。まるで鳴り物の靴を履いているみたいだった。

「きゅきゅっと鳴っているな」

腕を組んでいるアルウィムにもその音が聞こえていた。

「う、うん」

動くと音が出るなんて、子供みたいだ。

耳障《みみざわ》りだろうと、麦は脇を締めてなるべく上体を動かさず、生地が擦れないように気を付けてみる。

アルウィムは麦が音を出さないように気を付けているのだと察し、笑い出した。

「音が不快だったわけじゃない。もっと麦の音を、きゅきゅと聞かせてほしい」

麦の一挙手一投足から生み出される音まで愛《いと》おしいのだと言われたみたいだ。

身体の力を抜いて歩き出すと再び音が鳴った。

二人で並んで歩きながら、麦が動く音を聞く。音の聞こえる近さで寄り添っている。

他愛もないやりとりがおかしくて、心地よい。二人だけの世界にいるみたいで幸せだった。

麦はアルウィムに意見を聞きながら、館のみんなへのお土産や日用品、美容室で使う消耗品も購入した。

買い物の間にアルウィムは行商に世間話を振り、最近の売れ行きや他国の様子などの聞き込みをしていた。

一通りの買い物が終わると、狙っていたかのように御者が現れ、荷物を受け取り馬車へと運んでいってくれた。

久しぶりに買い物という娯楽を楽しみ、麦は始終笑顔だった。

噴水広場を一周し終えると、とある店の前でアルウィムは足を止めた。店内は薄暗く、入口はベールに覆われ何やら怪しい雰囲気だ。薬品の匂いが外まで広がっている。アルウィムと同じローブ姿の人が出入りしていた。

魔術師道具の専門店なのだろう。

「ここに用がある。すまないが、少し待っていてくれるか。露店を回っていてくれて構わない」

「うん。分かった」

腕を組んでいたい名残惜しさを誤魔化そうと、何も気にしていない素振《そぶ》りで麦はさっと手を引っ込めた。

店主に迎えられ、店に入っていくアルウィムを見送る。

気を取り直して、麦は露店通りを戻っていく。

連なる屋台の前を通り過ぎた時、気になった露店があったのだ。

紫色のテントの下。先ほどは何人かの女性が品物を眺めていたが、ちょうど客が途絶えていた。すかさず麦はその店の前に陣取った。

「いらっしゃい。ん？」

客の気配に反射的に店主が声を上げた。

麦に気付くと、一瞬目を丸くした。

「男の子の客は珍しいな」

にかっと快活に笑う。男の店主は人懐っこい笑顔を見せた。

男は長めの前髪を垂らし、左サイドを編み込みにしていた。髪がほつれているところもあり仕上がりはけして上手《うま》くはない。しかし男性の編み込みはジェンダーレスな魅力があり、とてもオシャレだ。真っ黒で癖のある髪質は、この街ではあまり見かけなくて日本人の麦からすると自然と親近感を抱いてしまう。

青い宝石の装飾が目立つ、派手な色の羽織を着ていた。耳には金属製のイヤリングを着けている。

一見すると、道楽者の金持ちといった軽薄な恰好だが、長い首に日に焼けた肌と通った鼻筋、意思の強そうなきりりと吊り上がった眉が、商売に真面目《まじめ》な好青年という印象を与えている。

男が着飾ることを楽しんでいるのが伝わってくる。ヴァレーンスの人とは明らかに雰囲気が違う。

きっと他国からこの市場に出店するためにやってきたのだろう。

その証拠に、彼の店先にはヴァレーンスでは見たことのない品が並んでいた。

目が合うと男は軽くウインクを返してくる。仕草がとてもチャーミングだ。

「男の子の客も大歓迎だ」

人当たりの良い男の接客は、麦の興味を高めた。

異国情緒溢れた店主に負けず、並んでいる商品もヴァレーンスで見たことのないものだった。

きれいに並べられた手のひらサイズの丸い容器に目が行く。思わず麦はそれを手に取っていた。

「これって」

「化粧道具さ」

男の口から出た言葉に麦は顔を明るくした。

手のひらにおさまる大きさの丸い器には、ファンデーションと思われる粉が入っていた。

「これはおしろい。顔につけて肌の色を均一にするんだ」

店主はお試し用の商品を開けて、粉をすくうと自分の手の甲にのせて塗って見せた。血管や傷の痕《あと》がおしろい粉にきれいに覆われてしまう。

麦の知っているファンデーションそのものだった。ヴァレーンスで初めて化粧品を見て麦は興奮していた。

「すごいっ」

「そうだろ？　パルフでは女性たちの間で化粧をすることが流行《はや》っているんだ」

ヴァレーンスではバッチリ化粧をしている女性を見かけたことがない。

「パルフ領。ここから南にある国ですよね」

「ああ。俺はパルフ領から出稼ぎに来たのさ」

パルフ領は山岳地帯。鉱石と宝石の国だと聞いたことがある。

「パルフの国民は着飾ることが好きなんだ」

おしろいの他に口紅やアイシャドウ、チークのようなものもあった。

商品台の上には売り物ではない大きな鏡も用意され、化粧品の使い方も分からないヴァレーンスの女性たちに店主は個々の肌に合う色選びや化粧の仕方も教えているようだった。

まるでビューティーアドバイザーだ。

麦が来る前に女性たちが群がっていたのも納得だ。

「美容意識も高いんですね」

「ビヨウ……？　あまり聞いたことのない言葉だな。だが気に入った。お兄さんも化粧をしてみるかい」

化粧は美容室とも関わりが深い。ヘアセットと合わせて提供できればサービスの充実に繋がる。

麦は美容学校で一通りのメイク技術も教わっていた。

「ものすごく興味あるんですけど……俺、美容師をやっていて。美容師って、その、人の髪を切ったり整えたりするんですけど」

「ビヨウシ?」

一生懸命伝えようとして早口になっている麦の言葉を、店主は頷きながら聞いてくれた。

パルフ領にも美容師という言葉は存在しないらしい。

麦から出てくる聞き慣れない言葉に首を傾《かし》げることもなく、店主は興味深そうにしていた。

「髪につけるものって、ありますか?」

東京では選び放題であったヘアケア用品がこの世界ではまったく手に入らず、麦は苦慮していた。アルウィムが麦のために用意してくれたヘアワックス代わりのミツロウも消耗品。新しいものを入手しなくてはならない。

麦は技術を提供できるが、道具がなければ東京と同じサービスや仕上がりを実現できない。

「髪ねぇ……お兄さん変わっているね。パルフ領でも髪に化粧をしようとするやつはいないぜ」

店主は口元に指を寄せて、楽しそうにくっと笑った。

「ええーと、化粧というか……」

カラーリング、毛染めやエクステンションを付けることも、髪に化粧をするということになるだろうか。

「そうだな、ここにはオイルならあるぜ。ヴァレーンスにもオイルくらいはあるだろうが、これは髪用のものだ。艶を出して広がりを抑える、べたつかない優れものだ」

店主は店先に広げていたおしろいを端《はし》に寄せると、後ろから木箱を出してくれた。

その中には様々な色の瓶《びん》が整列していた。

「えっ？」

店主の出してくれた品物の中に、見知ったかたちの容器を見つけて麦の声は裏返った。

曲線を描いたピンク色の瓶には、文字が書いてある。麦にはこの世界の、ヴァレーンスの文字は読めない。けれど、それに書かれていた商品名や、ラベルに記述された原材料を麦は読むことが出来た。

瓶の、いやプラスチックで出来た容器は麦が東京で愛用していたヘア用品メーカー「ＺＡＮＫＡ」のヘアトリートメントだった。

「ここここ、これ、どうして？」

「ああ、悪いなお兄さん。これは売り物じゃないんだ」

「どこで、どうやってこれ、手に入れたんですか!?」

「おっと」

麦が詰め寄ると、店主は後ずさった。

東京のメーカーの商品が、どうして異世界であるここにあるのか。

いや、答えはひとつしかない。

(このトリートメントは、俺と同じように東京から転移してきたんだっ)

商品だけが飛ばされてきたのか、麦のように召喚され転移してきた人がたまたま持ち合わせていたのか。

経緯は分からない。けれど「ZANKA」の商品が入手できるのなら、どうしても手に入れたかった。

思い詰めた表情の麦に問いただされ、驚いていた店主はやがて目を細めてにやりと笑った。

気の良い店主だったはずの男は、面白いものを見つけたと言わんばかりの顔で麦を見ている。

「へえ。お兄さん、コレのことを知っているんだな」

店主は声を潜《ひそ》め、麦の肩を抱いて耳打ちした。

「他の『ZANKA』の商品も持ってきているよ」

「ほんとですかっ。あの、ハンドクリームはありますかっ」

「ハンド？　ああ、手に塗るクリームだな。あるよ」

手を酷使《こくし》している美容師の麦にとって「ZANKA」のハンドクリームは手荒れを防止し、常に潤いを与えてくれる心強い商品だった。愛用品といえる。

ハンドクリームがあれば、麦の手荒れの悩みは解消されるだろう。

（手荒れが治れば、アルウィムと手を繋げるっ）

アルウィムが差し出してくれる手を、素直に握り返すことができる。

馬車から降りた時のように、不自然に避けることなく手を繋ぐことができる。

「売ってくれますか」

「うーん。お兄さんも分かっていると思うが、ものすごく貴重なものなんだ」

東京から、異世界から来た品だ。簡単に手に入るものではない。

「それでも欲しいと思うかい？」

「はい」

迷わず麦が頷くと店主は笑みを深めた。

「ムギ！」

麦を呼ぶ声がし、振り向くとアルウィムがこちらにやってきた。走ってきたのか、フードが頭から外れ、銀色の髪が乱れていた。

連れの登場に、店主は麦から身体を離した。

密着していた店主と麦の姿に不可解な顔をしたアルウィムは、露店の前でフードを被り直した。

「待たせてすまなかった」

「ううん」

「ムギ、ムギか……いいね。お兄さんの可愛《かわい》らしさと不思議さにぴったりの名前だ」

初対面の麦に何とも反応しがたい褒め言葉を送ってくる店主から麦を守るかのように、アルウィムは立ち塞がった。

「その姿、パルフの行商……いや、お前は」

「ここで再会するなんてね。アルウィム」

店主はテントの下から路上へと出てきて、アルウィムと向かい合った。

日の光を彼の黒い髪は吸収し、より黒々と輝いた。

怜悧《れいり》な目を細め、堂々と佇《たたず》んでいる。

派手な羽織の煌《きら》びやかさにも負けないエキゾチックな顔立ちに通行人の目は奪われ、自然と彼を中心とした円ができた。

アルウィムに負けていない、その出《い》で立《た》ちの美しさと存在感に、異世界人の麦ですらこの人はただの行商人ではないと気付く。

「アルウィムの知り合いなの……？」

「……彼はパルフの領主、ティズル・レン・パルフ」

「りょ、領主サマ!?」

先ほどまで美容商品を挟んで話をしていた店主が、隣国の領主だとは思わず麦は驚きすぎて掠《かす》れた声を上げていた。まさかたまたま覗《のぞ》いた露店の店主が、隣国の領主とは信じらない。

アルウィムとティズル。隣国の領主同士、よく知った仲なのだろうか。

「ムギにこの男を領主と呼ばせたくないな」

麦はアルウィムのことを長らくずっと領主サマと呼んでいたからか、アルウィムは不機嫌さを隠そうともせずに言った。

「面白い子を見つけたと思ったがアルウィムの連れとは……まあ関係ないな。俺は欲しいものは欲しいと臆《おく》せず言う。アルウィム。その子は俺が貰っていくぞ」

「えぇっ」

高らかに宣言をしたティズルに、アルウィムはぴたりと動きを止めたと思うとフードが捲《めく》れ、銀色の短髪が逆立っていた。ローブの裾《すそ》は浮き上がり、憤怒《ふんぬ》の形相でティズルを睨《にら》んでいる。

今にも魔法弾を放ちそうで、麦は大慌てでアルウィムをなだめる。

「アルウィム、落ち着いて」

ティズルを遮《さえぎ》るようにアルウィムの前へ出た。

こちらは魔術師がこんな人混みの中で暴走したら、大事故になると大慌てだというのに、ティズルは平然としていた。

幸せなデートは一変。

剣呑《けんのん》な空気の領主と領主に挟まれて、麦は途方に暮れるばかりだった。


パルフ領の領主、ティズルはヴァレーンスの市場に出店する目的で、領主としてではなく行商人として来訪していた。

しかし、隣国の領主が来ているというのに、もてなしをしないのはヴァレーンスの面目が立たないということらしく、早々に館に戻ったアルウィムはティズル一行を迎え入れよと命令を出した。

引きこもりだった主《あるじ》の久しぶりの外出。かつデートからの帰還を温かい気持ちで待ち侘《わ》びていた使用人たちにたちまち緊張が走った。

「ムギ……あなたは何という人を連れてくるのですか」

パルフの領主が来たと聞いたジェイドは、麦に小言を言わずにはいられなかったらしい。

「たまたま覗いたお店にパルフ領の領主サマがいて……」

「よりにもよって、ティズル様の店をたまたま覗かないでください」

ジェイドは使用人たちを引き連れて隣国の領主をもてなす準備にとりかかった。

日暮れ前にティズルは十名ほどの部下たちとともに、館にやってきた。

謁見《えっけん》の間に通され、正装に着替えたアルウィムとティズルは再び顔を合わせた。

麦はジェイドを筆頭とした使用人たちに紛《まぎ》れて、一団を出迎えた。

「パルフ領、領主。遠路はるばるヴァレーンスへようこそ」

「よう、アルウィム。堅い挨拶《あいさつ》は結構だ。こちらもこの館にお世話になるつもりは毛頭なかった。偶然とはいえ申し訳なかったな。いつもの部屋を借りるぞ」

ティズルは慣れた様子で部下に指示し、荷物を来客の間へと運ばせた。

「損傷した塔を見た。北の魔女の攻撃はひどかったのだな」

北の魔女が壊した館の一部は最低限の修復はしたが、多くの場所は手つかずになっている。館の修繕よりも北の難民支援や国交回復に人員を回したいというアルウィムの方針だった。

「おばあさま……カルムム様の愛したこの館が破壊されてしまったこと、心より見舞い申し上げる。国民に被害が出なかったのは、不幸中の幸い。さすがアルウィムだ。我がパルフもヴァレーンスの復興と北の国アイビスとの国交回復に協力しよう」

人道を重んじた聞き心地の良い発言をさらりと言ってのけるティズルからは、アルウィムと同じく人の上に立つ者としての矜持《きょうじ》と、カリスマ性が感じられた。

（おばあさま？　ってことは……）

「ティズル……申し出感謝する」

「正式な領主会談でもない。政の話はまたにしよう。ジェイド、華美なもてなしは不要だ。今日の俺はムギに会いに来ただけだからな」

アルウィムのこめかみがひくりと上がった。

突然、名前を呼ばれた麦は飛び上がる。館の使用人が一斉に麦を振り返った。続いてティズルの部下たちが、あれが主人の名指しした人物かといった興味と警戒が入り混じった目で見てくる。

遠くからティズルと目が合う。

「皆の前でも、宣言しておこう。俺はムギを貰って帰る。後でムギを俺の部屋に寄越してくれ」

館の使用人たちの動揺の声が響いた。

アルウィムはティズルを睨んだまま何も言わなかった。

両耳を飾るイヤリングを輝かせながら、麦に向かってウインクをして、ティズルは部下を引き連れ来客の間へと下がっていった。

「ムギ！　あなたは外出していた数時間の間に、一体何をしでかしたんですかっ」

「どういうことなのっ、何でパルフ領のティズル様がムギくんを指名するのっ」

ジェイドとライザに両側から挟まれて、詰め寄られた。

「お、俺だって何がなんだか分かんないですよ……気になった商品を売っていた店の店主が、隣国の領主だなんて信じられなくて」

「商品、ですか。パルフ領は、ティズル様は派手なことと着飾ることが大好きですからね。見目を美しくするあなたの職業を考えれば興味が湧《わ》くのは当然ですか」

ジェイドはため息をついていた。

「あの……パルフの領主サマがカルムム様をおばあさまって呼んでましたけど……」

「そう、アルウィム様とティズル様は従兄弟《いとこ》なの。カルムム様がご存命の時分、お二人が幼かった時はよくティズル様がこの館に遊びに来ていたわ。あの頃は兄弟のように仲睦《むつ》まじかったのだけれど」

「アルウィム様が引きこもりになってからは、領主としての最低限の交流しかありませんでした。派手好きで自由で快活。魔術師としての力はありませんが大義を掲げ、国民の人望を集めるティズル様と引きこもりのアルウィム様は常に比べられてきました」

着飾り目立つことが好きそうなティズルと、引きこもりのアルウィムでは気が合わなそうだ。

「アルウィム様はティズル様のことが苦手なんじゃないかって、言われてるわ」

ライザがアルウィムに聞かれないように、麦だけに耳打ちをした。

「そのティズル様に、ムギ、どうしてあなたは目を付けられたのですか」

波乱の予感しかない。

ジェイドは頭をかかえている。

ライザをはじめとした使用人たちも、深く頷いた。

「そんなこと言われても……」

麦は露店の店主と商品について話しただけだ。

どうしてこんなことになったのか麦にも分からない。みんなから責められているようで、泣きたい気分だった。

「それでアルウィム様。どうするんですか」

黙って謁見の間の領主の椅子に座っていたアルウィムに、使用人たちは一斉に注目した。

「領主が他国を訪れた際に、両国の和平の証《あかし》として相応の待遇を約束し、その国の国民を連れ帰ることとはよくあることとです」

「えっ!?」

初めて聞いた外交の作法に麦は焦《あせ》った。

アルウィムが麦を手放すことなんて、ないと思っている。だから、ティズルに貰っていくと言われても麦には現実味がなかった。

けれど、国と国レベルの、外交手段だと言われたら話は別だ。

皆がアルウィムの言葉を待っていた。

「私がムギをあいつに差し出すわけがないだろう」

頭によぎった不安をアルウィムは一瞬で拭い去ってくれた。

「アルウィム……」

胸がキュンキュンして、今すぐアルウィムに抱きつきたい衝動を抑える。

はっきりと言い切ったアルウィムの言葉で、使用人たちの間に安堵《あんど》の空気が漂った。

「丁重に断りを入れる。ジェイドはムギの代わりになる土産品を用意してくれ。他の者は客間に食事や酒を出してくれ」

動き出した使用人たちに倣おうとした麦を、アルウィムが引き留めた。

最後にジェイドが部屋を出、アルウィムと麦の顔を見た後、扉を閉めた。

静かな謁見の間で二人きりになる。

「はあ……」

アルウィムは項垂《うなだ》れると、心を落ち着かせようと麦を引き寄せて抱きしめた。

「不安にさせてしまったか？」

「……ううん。アルウィムが俺のこと手放したりしないって、信じているよ」

「そうか。すまない。不安だったのは、私の方だな」

麦を抱きしめる力が強くなる。

アルウィムは目を閉じると、ぽつりぽつりと昔の記憶を話してくれた。

「ティズルは昔から、欲しいものは欲しいと言える男だった。二人の孫を前にして、おばあさまは私たちにお守りの石をプレゼントしてくれた。色違いの青と緑の石だった。ティズルは真っ先に青色が欲しいと言った。彼の言葉通りにおばあさまは青い石をティズルに渡した。残った緑色の石を私はおばあさまから受け取った」

他愛もない幼い頃の記憶。

「本当は私も青色の石が欲しかった」

その体験からアルウィムはティズルと欲しいものを争うことを避けていたように見えた。

「ティズル様のことを恨んでいるの？」

「いいや。私は欲しいものを欲しいと言える、彼が羨《うらや》ましかっただけだ。ただあの時と同じように彼に君を取られてしまうのではないかと、怖くなった」

そっと麦から身体を離し、目と目を合わせる。

「私も、もう子供ではない。従兄弟殿の好きにはさせない。ムギはティズルの部屋に行かなくていい。行かないでくれ。今日はもう私の部屋に戻るんだ」

「……うん」

頬と頬を寄せ合って、名残惜しさを感じながらアルウィムから離れ、麦は謁見の間を後にした。

言われた通り、麦はまっすぐにアルウィムの私室へ向かった。

麦はもちろんティズルの元へ行くつもりはないし、アルウィムの気持ちを思うと、ティズルに会うわけにはいかなかった。

ティズルに会わないということは、ハンドクリームは手に入らない。アルウィムと手を繋ぐ夢は遠のいたが、致し方ない。手荒れ対策はまた別の方法を考えよう。

薄暗い廊下をひとり歩き、アルウィムの私室へ続く螺旋《らせん》階段を登ろうとした時だった。

暗闇から影が飛び出してきて、麦の腕を引っ張った。

「――っ」

声を上げようとした唇を、指がそっと押さえつけてきた。

「ムギ、申し訳ないね。大人しくついてきてくれるかな」

イヤリングが闇の中で光っていた。

「……ティズル、様」

影は、ティズルだった。

領主自らに話がしたいだけだと懇願《こんがん》され、騒ぎにしたくなかった麦は大人しくティズルについていくことにした。

来客があり人の出入りが激しい本館を後にし、ティズルはまだ魔女襲撃の爪痕が残る中庭へと出た。

「こうでもしないと君と話ができないと思ったからね。許してくれ」

月の光に照らされた領主は昼間とは違った色気をまとっている。

「俺も、ティズル様とはちゃんと話さなきゃって思っていたのでちょうどいいです」

アルウィムが丁重にお断りしたとしても、麦からもきちんと伝えておきたかった。

「ありがとうムギ。君のことを聞いたよ。ここでビヨウシツというものをやっているんだってね。素晴らしい。パルフ領では頻繁《ひんぱん》に髪型を変えることも流行っていてね。着飾ることに疎《うと》いヴァレーンスより、きっと君の仕事は重宝されるよ」

ティズルは手を差し出した。

「俺とパルフ領に行こう」

嘘偽《うそいつわ》りのない言葉は確かに魅力的だった。

見聞きした話ではパルフ領が美容先進国であることは確かだろう。そんな国へ行けば、麦はもっと充実した仕事ができるのかもしれない。

けれど、麦は恩のあるヴァレーンスを、アルウィムの傍を離れようとは全く考えていなかった。

麦は首を振って、ティズルの手を取ることはない。

「お気遣い感謝します。けれど、俺はヴァレーンスを離れるつもりはありません」

「……そうか。君の欲しいものはこれだろう？」

ティズルは袖《そで》の下からピンク色のチューブを取り出した。

「っ！」

麦が東京で愛用していた「ＺＡＮＫＡ」のハンドクリームに間違いなかった。

この世界で東京で流通している商品に出会えるとは、思ってもみなかった。

できることなら、このハンドクリームを手に入れたい。

麦がハンドクリームに手を伸ばしそうになり、ティズルはその手を避けた。

「俺とパルフに来てくれたら、これの出所を教えるよ。知りたいだろう？」

「……へ？」

思ってもいなかったことをティズルに言われ、麦は素《す》っ頓狂《とんきょう》な声を上げた。

麦の反応に、ティズルが首を傾げる。

「ん？　君は……その、これと同じく異世界から来たのだろう？」

「そう、ですけど。よく分かりましたね」

「だったら、これがどこから来たのかとか、パルフは異世界と通じているのかとかその世界に帰れるのかとか、知りたくないのか？」

「気にならないわけじゃないですけど……俺はただそのハンドクリームが欲しくて」

「欲しいだけ？」

近づいてきたティズルに麦は咄嗟《とっさ》に両手を背中に隠した。しかしティズルに気付かれてしまい、手首を摑まれてカサカサにひび割れた手のひらを見られてしまった。

「……ひどい手荒れだな」

ハンドクリームが欲しい理由は、仕事で使うとかいくらでも言い訳は並べられるはずなのに、手を見られてしまっては、ただ素直に白状するしかなかった。

「手荒れを治して、アルウィムと手を繫ぎたくて……」

麦が顔を赤くして恥ずかしそうに俯く様に、ティズルは目を瞬《しばた》いている。

あんなに欲しがっていたハンドクリームの用途が、アルウィムと手を繫ぐためだった。

麦の考えていたことをようやく理解したティズルは、豪快な笑い声を上げた。

「自分の元いた世界に戻るより、アルウィムと手が繫ぎたい？　引きこもりの従兄弟殿が突然姿を現し、アイビスと領主会談をすると聞いた時は天地がひっくり返ったのかと思ったが、なるほど。アルウィムは君に出会ってしまったから、変わったのだね」

「ムギ！」

「ティズル様！」

ムギが私室に戻っていないことに気付いたアルウィムと使用人たち、そして客間から消えたティズルを探して彼の部下たちが血相を変えて探しに来た。

夜の中庭に多くの人が集まってきてしまった。

アルウィムは麦を見つけると、まっすぐにこちらへやってきた。

麦とティズルの間に立ちはだかる。

「あ、アルウィムごめんなさい。やっぱり俺も、ティズル様にちゃんと伝えなきゃって……」

約束を破ったことを謝る麦をアルウィムは片腕で止めた。

「ティズル。君にムギを連れていかせはしない」

従兄弟を前にして、本当に欲しいものを言えなかったアルウィムが、真正面から言い放った。

「はいはい、その話はもう終わったぞアルウィム。ムギはハッキリと断った。パルフには来ない」

「……？　ティズル、君は一体何を考えて」

「俺は従兄弟殿が選んだ相手がどんな人なのか、カルムム様の代わりに知りたかっただけだ。俺の想像を遥かに超えた、アルウィムしか見ていない人だったようだ。俺のつけ入る隙《すき》は全くなかった」

「それって……」

アルウィムと顔を見合わせる。

まるでアルウィムと麦のこと認めてくれたような発言だ。

「アルウィム。お前は腹を括《くく》っているのか」

麦がパルフ行きを断ったことを知り、アルウィムは冷静さを取り戻した。

その場にいる全ての人が、息をのんでアルウィムを注視していた。

皆に見守られながらアルウィムはゆっくりと麦の前へ行き、片膝をついた。

「ムギ、手を出してくれないか」

「えっ」

びくりとして、麦は両手を背中に隠してしまう。

「君が手荒れを気にしていることは知っている。痛い思いをさせたりはしない」

「……知ってたんだ」

隠していた手を前に持ってくると拳《こぶし》を開いた。

「俺の手、カサカサでひび割れがひどいから、すぐに血が出ちゃうしアルウィムに嫌な思いさせたくない」

アルウィムは麦に大丈夫だと深く頷いて見せると、そっと麦の手を握りしめた。

「どんな手でも、私の好きなムギの手だ」

アルウィムと、手を繋いでいる。

ずっとずっとアルウィムと手を繋ぎたいと思っていた。

包み込むアルウィムの手は優しくて麦に痛みを感じさせない。

願いが叶って麦は感極まって、ゆっくりと息を吐き出した。

アルウィムは麦の指に手を滑らせると、左の薬指に指輪をはめてくれた。

麦の薬指で銀色に光る指輪に、見守っていた人々から感嘆の声が上がった。

「え……」

「ムギ。私と結婚してほしい」

アルウィムは穏やかな顔で、麦を見上げていた。

館の使用人たちが歓声を上げ拍手と口笛を送った。

「この指輪は、今日街の魔術師道具店で受け取ってきた。ムギの手が荒れていたとしても痛くないように魔法をかけた特注品だ」

アルウィムが長い指で麦にはめられた指輪をなぞった。言われた通り、触られても痛くなかった。

麦のために、アルウィムが作ってくれた。

感情の波がうねって上手く声が出ない。

「で、でも。俺、男だし……」

ヴァレーンスの国民はアルウィムが結婚をして子供を作り、世襲が続いていくことを望んでいる。

けれど、その想いに麦はどうしたって応えることができない。

アルウィムは力強く、首を振った。

「世襲は考えていない。私の次は国民に選ばれた、領主にふさわしい人物がなればいい」

「でも」

自信を持てない麦に痺《しび》れを切らしたライザが声を上げた。

「でも、じゃないっ。今、この場で誰もお世継ぎがぁ！　とか言い出さないでしょ。ヴァレーンスの民だって同じよ」

ライザの高らかな声に、皆がそうだと力強く頷いてくれる。

「私たちは引きこもりだった領主様が大好きな人を見つけられたってことが何よりも嬉しいんだもの」

「ライザさん……」

弾むような声が頑《かたく》なだった麦の心を癒《いや》してくれる。

いつもアルウィムと麦を見守ってくれている仲間の言葉は何よりも励みになる。アルウィムが麦を選んでくれたことを、ここにいる皆と同じくヴァレーンスの国民もきっと喜んでくれると思うことができた。

異世界に、ヴァレーンスに来てから麦は次々困難に直面している。けれどめげずにやってこられたのは、アルウィムをはじめとして多くの人が麦を受け入れ、応援してくれたからだ。

「ありがとうっ」

大粒の涙とともに、麦はとびきりの笑顔を見せた。

わあっと歓声が上がる。喜ぶ使用人たちにティズルの部下も巻き込まれていた。

「ムギ。これは結婚祝いにくれてやる」

ティズルはハンドクリームを渡してくれた。

「アルウィムは俺の唯一の肉親だ。幸せにしてやってくれ」

「ティズル……」

「俺がムギを気に入ったのは本心だ。アルウィムに飽きたらいつでも俺の元に来い」

ティズルは実の兄のようにアルウィムを大事に思う気持ちをほんの少し見せてくれた。

館中が宴会騒ぎになり、たくさんの人たちがお祝いの言葉を言いにきてくれた。

その間ずっとアルウィムと麦は、手を繋いでいた。


アルウィムの私室へ二人で戻った時にはへとへとになっていた。

ベッドの上に倒れ込みながら、アルウィムは呟く。

「次は国民の前で婚約発表をしなければな……」

引きこもりが、また人前に大っぴらに出なくてはならない。気が重そうだ。

「無理しないでね」

「いいや。ヴァレーンスの皆には、きちんとムギを紹介したいんだ。私を変えてくれた大事な人だからな」

アルウィムの手が頬を滑り、顎《あご》を持ち上げられたかと思った瞬間に唇が重なっていた。

お互いの鼻が、まつ毛がぶつかり合う。

「出会って数時間だというのに、ティズルはムギに名前で呼ばれていたな。納得いかない」

「ええー」

「私が麦に領主サマから名前で呼んでもらえるまで、どれだけかかったと思っている」

銀色の短髪が抗議をするように揺れていた。

嫉妬心《しっとしん》を隠さないアルウィムが、可愛く思えてしまうのは末期症状だろうか。

「ムギの一番でいたい」

切なげな表情の恋人にシーツの上に縫い付けられてしまえば、麦はあられもない声で喘《あえ》ぐしかなくなる。

指輪をはめた指と指が絡み合う。ハンドクリームを塗った手のひらはアルウィムに強く握られても、痛くなかった。

異世界で、愛し愛される幸せを噛み締めて、麦はゆっくりと目を瞑《つむ》った。

あとがき

こんにちは。温井ちょもです。この度は『異世界でも美容師をがんばることにしました！　～でも領主さまの銀髪を愛するあまり切れません！～』をお読みいただき、誠にありがとうございます。

全編書き下ろしの初めて企画段階から編集部のお力を借りて作り上げた作品です。私がおろおろしながら書いていたことや、様々な出来事があり、こうしてお披露目できるまで時間がかかってしまいました。ようやく発売でき、一安心です。

当初、いただいたお題は『王道』だったのですが、果たしてご期待に沿える王道物語になったでしょうか……

異世界ものを書くならば、長い髪の領主と現代の美容師が髪を切る切らないでごたごたする。という思いつきが今回のお話の原点になりました。どうして髪を切らなくてはならないのか、なぜ領主は髪を切りたくないのかと物語を広げていく作業は楽しく、プロットが採用された時は本当に嬉しかったです。

そこからが長い道のりで、初稿はなかなかひどいものでした……戦々恐々としておりましたが、こうして完成できたのは、編集部の皆さまと友人たちのおかげでございます。

今回はファンタジーということもあり、色々な様相のキャラクターを描けたことも新鮮でした。私が悩んでいる傍ら、主人公の麦はずっと前向きにがんばってくれました。アルウィムは私のせいでヘタレるなと何度もお叱りを受けていましたごめんね。出番は少なかったですがティズルもかなりのお気に入りです。貴方様が気に入ったキャラクターも教えていただけると嬉しいです。

担当編集様。いつも的確なご指摘をありがとうございました。担当編集様からは本を作ることが大好きという心意気が伝わってきて、いつもその情熱を眩しく心強く思っております。

誰もが見惚れるイラストを描いてくださいました秋久テオ先生をはじめとして、本作の制作・販売に携わってくださった皆さま。イルの髪型などの取材にご協力いただいた美容師の皆さま。いつも支えてくれる家族や友人たち。本当にありがとうございました。

そして読者の皆さまに感謝申し上げます。感想などございましたら、聞かせていただけると小躍りして喜びますのでぜひ編集部までお寄せくださいませ。

また皆さまにお会いできますように。

温井ちょも

X（旧 Twitter）@Qomonukui

初出一覧

異世界でも美容師をがんばることにしました！　書き下ろし
異世界でも美容師をがんばっています！　書き下ろし